JN310991

アンソロジー

# 短歌と写真で読む静岡の戦争

佐久間美紀子

静新新書

035

目　次

# はじめに

これは短歌アンソロジーですが、文芸作品としての短歌を読もうと手にされた方にとっては、あるいは物足りない部分があるかもしれません。なぜなら本書は、戦争にかかわるという面から評価した短歌を集めたもので、私たちはこれらの作品を歴史の証言として、当時を生きた人々の記録として、読んでいただくために編集したからです。

この時代の短歌は、戦争のような巨大な歴史的事件を普通の人々の体験したこととして記憶するのに、大変有効なものでした。もともと短歌という形式がそういう側面を持つからこそ、たとえば『昭和万葉集』などという企画も生まれたわけですが、この時期の短歌は、殊にそれが突出していたように思います。この、記録するという短歌の即面は、たとえば写真と類比していただければ一番イメージしやすいでしょう。

たとえば、なんでもない家族のなんでもない記念写真、素人のとったピンぼけ写真であっても、それが百年前のものならそれだけで価値が出てきます。衣服や髪型などのファッション、背景に写っている建物や器物、どれもみな過去を物語る貴重な資料なのですから。あるいは、観光ツアーの集合写真の背後に世界貿易センタービルが写っていたら、9・11以降、それは特別な眼で見直されることでしょう。社会の変化や時間の経過が、単純な写真の意味を変えてしまうのです。

短歌が写実という方法を一般化させたときと、日本社会の激変とが、幸か不幸か一致したのが昭和という時代だった、とも思えます。そのようにして記録としての価値から読み直すと、短歌もまた文芸作品として読んだのとは別の発見ができるのではないか、というのが、今回の企画のねらいです。特に、後からの回想ではない生の記録を大事にしたかったので、同時代に詠まれた作品をできるだけ多く集めるよう努めました。

かつて短歌は愛好者が大変多く、あらゆる階層に広がっていましたから、社会の多様な局面を捉えることができました。また、カメラを持ち歩くことが困難な状況下でも記録し続けることのできる短歌は、時にカメラより有効だったりもしたのです。たとえば、静岡の歌人・長倉智恵雄さんは、シベリア抑留下でたまたま一緒になった高杉一郎氏（のちに静岡大学教授）と二人、強制収容所で歌会を続けたといいます。そして作った歌は記憶に納めて日本に持ち帰ったのでした。

もちろん短歌は、写真ほど細部にわたって事物を写し取ってはいませんが、かわりに当時の人々の心情を反映させていますし、その時代の生きた言葉を保存している点でも、資料としての意味があるでしょう。そのような面からも、短歌を歴史の記録装置としてもっと見直せるのではないかと思います。

たくさんの作品が集まりましたが、静岡県の戦争体験史ということで、県出身者と確認された方の、戦争に係わるものと、戦中・戦後の生活に係わる作品のみを収録しました。また、若い世代にも読んでもらいたいと考え、短い解説や注もつけました。ただ編者二人とも戦後世代ですから、心許ない内容です。同時代を生きた方々から、ぜひ加筆・訂正のご指摘をいただきたいと思います。

## 凡例

一　語句はすべて発表当時のまま、現代では差別にあたるような表現も、当時を語る資料として収録しました。
二　旧漢字・旧仮名は新漢字・新仮名に改め、仮名遣いも現代風にしました。
三　読みやすくするため区切りを入れ、ルビも新しくつけました。
四　短歌は全て、静岡県在住または静岡にかかわりのあった方の作品です。発表当時の雑誌の記載や単行本の奥付などから、地域が推測できた方には地域名をいれました。
五　写真は、短歌を補足するために静岡にかかわりのないものもイメージとして使っています。
ご了承ください。

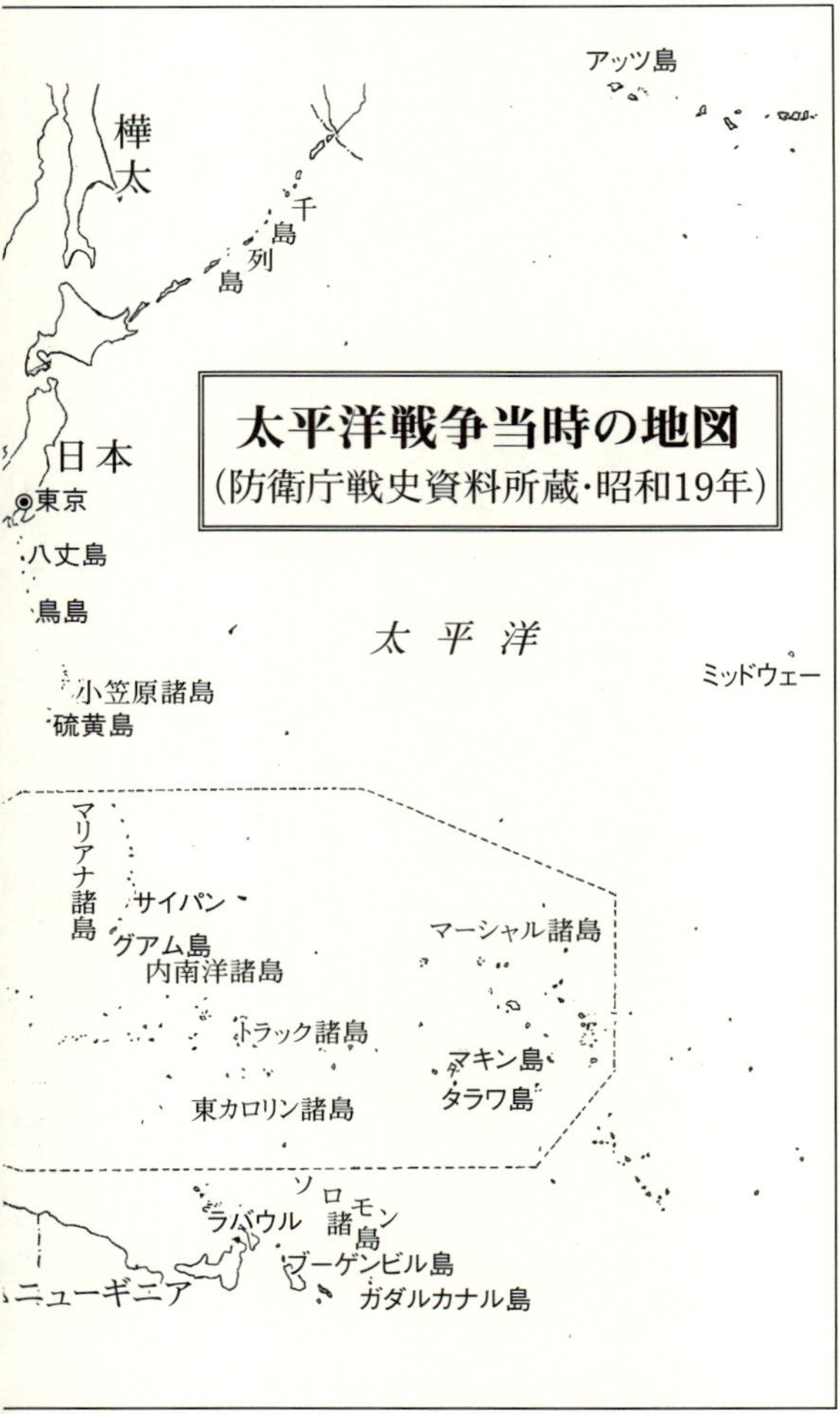
太平洋戦争当時の地図
(防衛庁戦史資料所蔵·昭和19年)
アッツ島
樺太
千島列島
日本
東京
八丈島
鳥島
太平洋
ミッドウェー
小笠原諸島
硫黄島
マリアナ諸島
サイパン
グアム島
内南洋諸島
マーシャル諸島
トラック諸島
マキン島
タラワ島
東カロリン諸島
ソロモン諸島
ラバウル
ブーゲンビル島
ニューギニア
ガダルカナル島

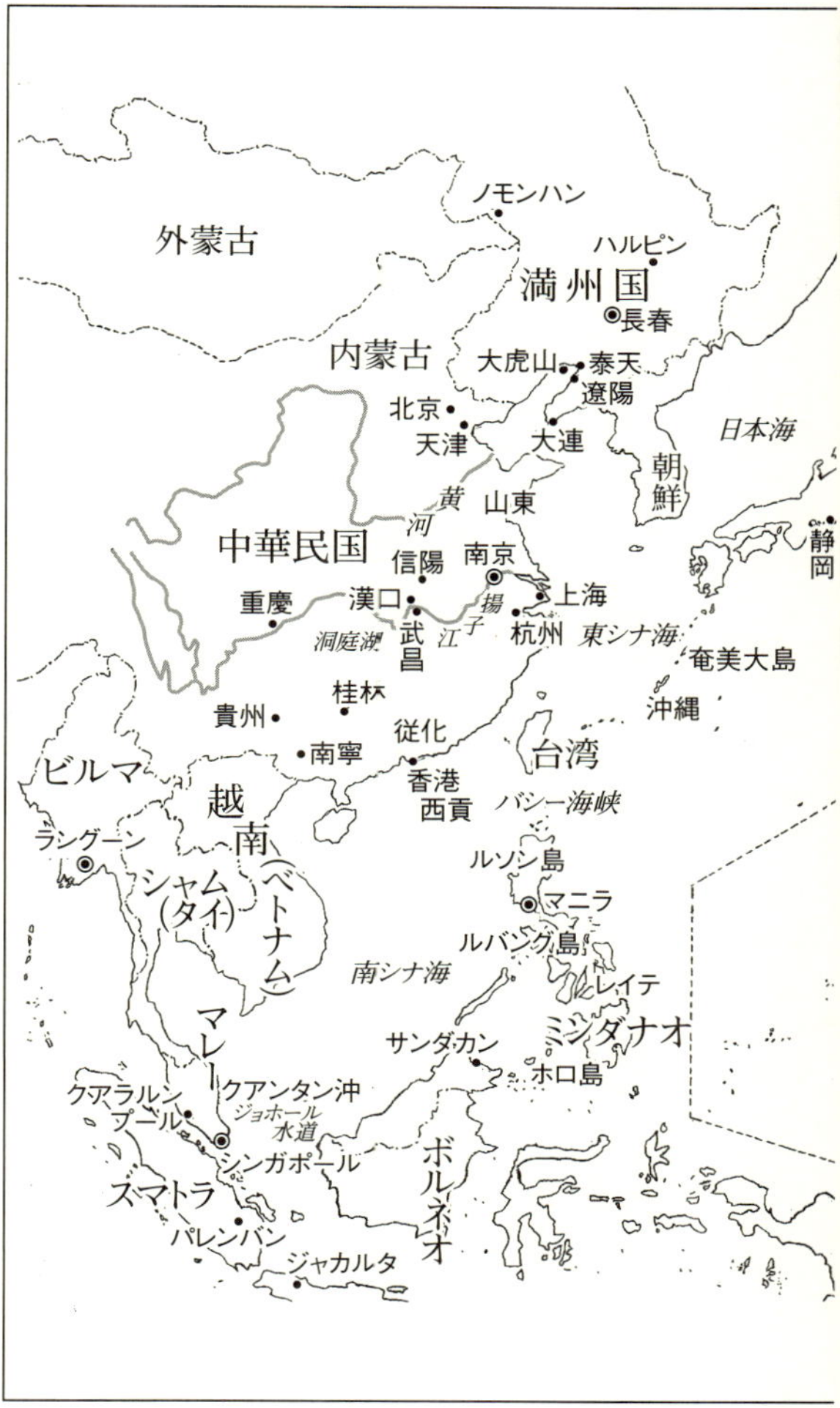
ノモンハン
外蒙古
ハルピン
満州国
長春
内蒙古
大虎山
奉天
遼陽
北京
天津
大連
日本海
朝鮮
黄河
山東
中華民国
信陽
南京
静岡
上海
漢口
重慶
揚子江
武昌
洞庭湖
杭州
東シナ海
奄美大島
桂林
貴州
沖縄
従化
南寧
台湾
ビルマ
香港
越南
西貢
バシー海峡
ラングーン
ルソン島
(ベトナム)
シャム
(タイ)
マニラ
ルバング島
南シナ海
レイテ
マレー
ミンダナオ
サンダカン
ホロ島
クアラルンプール
クアンタン沖
ジョホール水道
シンガポール
ボルネオ
スマトラ
パレンバン
ジャカルタ

# 一　人々は戦争へと駆り立てられた

静岡平和資料館をつくる会提供・山梨龍平氏撮影

この写真は、静岡市末広町の山梨写真館の山梨龍平さんによって、1932（昭和７）年に撮影された、宮ヶ崎通りを行進する女子紡績工員の写真である。後方に写っている浅間神社に戦勝を祈願した帰路かとも思われる。真ん中に「足袋の布半」という縦の看板が写っている。ここが「九　シベリア抑留と引き揚げ」でご紹介する歌人・長倉智恵雄さんのお店だった。昭和７年といえば、昭和恐慌のただ中でもあった。隣の家の看板には、木村理髪店「染毛　理髪」とある。その当時もカラーリングがあったようだ。白い上着に黒いスカート姿も凛々しく、粛々と行進する女子工員たちが、とても健気である。

当時、写真というのは、「はれ」を写すもの。短歌も、あるいは、そうだったのかもしれない。「個」が抑圧されていた戦争のさなか、短歌に心の奥の悲しみや悔しさをさらけ出した人は決して多くはない。しかし、情を盛る器といわれた短歌には、それでもなお、人々の声なき声が詠われている。

一九三一（昭和六）年、世界恐慌のただなか、満蒙に活路をもとめていた日本の関東軍は、満州（中国東北部）で攻撃を開始、翌年「満州国」を建国して日本軍の支配下においた。戦いは支那事変・日中戦争へと拡大したが、中国側の抵抗にあって次第に行き詰まってゆく。

一方日本国内では、昭和恐慌が大量の失業者を生み出し、農村では大凶作で農産物価格が下落して農民の不満がたかまり、小作争議が頻発していた。しかし政界・財界は腐敗による混迷がつづいて有効な対策が打てず、それに憤った軍部の青年将校らが、五・一五事件、二・二六事件と呼ばれるクーデターを起こした。

国内では戦争による物資の窮乏と社会的混迷が続き、国外では国際連盟を脱退して国際的に日本は孤立していった。軍部も国民も重圧感に覆われていたのである。真珠湾攻撃による太平洋戦争の勃発は、そうした重圧を一気に払いのけるものとして、熱狂的に歓迎された。

秋野朝司（相良）　『第壱不二年刊歌集』（S8）

舗道《みち》ゆくに　人だかりせるレコード店　*爆弾三勇士の　歌かけており（静岡七軒町）

***爆弾三勇士**　上海事変中、陣地の鉄条網を破壊するために、点火した破壊筒をもって突入した

足立可生
万歳と　我等のさけぶ　声のうちに　大和《やまと》男《お》の子《こ》の　出征《いでたち》
雄々し
『第壱不二年刊歌集』（S8）

宮脇日露
日《ひ》の本《もと》の　男《お》の子《こ》と生《あ》れて　軍籍に　洩れし我が身を　今日
思いつつ（上海に出征の友を送りて）
『第壱不二年刊歌集』（S8）

加藤恵都子
軍人の　心はかなし　死をもちて　護《まも》るは*君が　皇《すめら》み国ぞ
『第弐不二年刊歌集』（S10・1）

川口末二（駿東）
*支那動乱に　今日もまた　時雨し街を　忙《せ》わしげに　号外
の鈴音過ぎにき
『菩提樹』（S12・2）

横山壽夫（静岡）
歌集『迎火』（S12）

三人の工兵。爆破は成功したが自らも爆死、という実話をもとに映画化され、大ヒットした

**＊君**　天皇のこと

**＊支那動乱**　支那事変とも。戦前、政府は宣戦布告を発していないからという理由で、日中戦争を「戦争」とはいわなかった。しかし昭和十六年日米開戦とともに、政府は支那事変も含め大東

人に負われて　徴兵署にゆくと　徘徊《たもとお》る　桜は蘂《しべ》と　なりて
居にけり

出征兵におくる　矢田部穂柄（沼津）『菩提樹』（S12・10）

戦いに　い向うところ　空に地に　病いには死ぬな　*君の
御楯《みたて》と

松原平作（沼津）『不二』（S12・11）

軍籍に　あらぬ引け目を　われは思う　つぎつぎ召されゆく
友送る

伊藤道子（周智）『不二』（S12・11）

床の間に　かざれる軍刀　日に一度　抜ける兄なり　たのし
みて見る

花森とし恵（静岡）『不二』（S12・11）

亜戦争とした

**＊君の御楯**　万葉集防人歌「今日よりは顧みなくて大君の醜《しこ》の御楯と出で立つ吾は」による

『写真週報』（S19・8・16）

**＊洩れ灯**　夜間、敵機に人家のあることを知られないため、明かりが屋外に洩れないようにした。しかし、空襲が昼間だったりしたりレーダーが開発されたりして、効果はなかった

いささかの　*洩れ灯もなけれ　暗の街に　雨あとの舗道は
あやしくも光る

中塚莞二（静岡）　『不二』（S12・12）

（例年の繁忙期に　銃後事務を加え多忙。病中、昼夜を分たず勤務すること半ヶ月余り、遂に斃《たお》る。然りといえども、吾が友の数多《あまた》が死を超越して戦うを思うとき、無念の涙、滂沱として下るものあり。）

銃をとる　術《すべ》さえ知らず　夜をこめて　黙々と励む　常の勤めを

鈴木蘭華（遠江）　『不二』（S13・1）

*武漢陥《お》つ　公報の声は　昂《たか》ぶれる　新聞記者の　騒音にまぎれぬ

水口正志（三島）　『菩提樹』（S13・1）

売り出しの　旗ものものし　一隊の　チンドン屋奏《かな》でゆく

**＊武漢**　中国、湖北省の省都。南京陥落後、蔣介石は重慶を臨時首都とし、実際の首都機能を武漢に置いていた。軍は、この要衝を攻略することで支那事変の一挙解決をめざしたが、諸要衝を占領したものの、中国政府を屈服させることはできなかった

『写真週報』（S13・11・9特集・武漢陥落の日）

## 進軍の歌

日比谷公会堂に「*かちどきの歌」の発表会をきく

惟村敏晴（下田）　『菩提樹』（S13・2）

*旧蝋二十四日、日比谷公会堂にて、主催東京朝日新聞社によってビクタアの歌手並びに管絃楽団の伴奏によって、盛大に発表会を行われた「かちどきの歌」は、レコードに吹き込まれて、十二月二十八日午後二時より三島町第一三島館にて、東京朝日新聞社によって発表会が行われた。江南戦線に従軍し、日比谷公会堂にて講演した斎藤一特派員の「敵前上陸より南京入城まで」の講演と、「朝日映画ニュース」が公開された。

*灰田勝彦　近衛工兵隊　入営を控え　師が歌「かちどき」を　高らかに唄う

太田利一（相良）　『不二』（S13・9）

編隊機　あざやかに周りおり　夏空を　遠州路より　駿河湾へかけて

**＊かちどきの歌**　大岡博作詞・佐々木俊一作曲・灰田勝彦歌
戦友《とも》よ　眼をあげて見よ
雪の山野を　ひた走り
雄叫びたかく　風を呼ぶ
血汐の旗だ　日の丸だ

**＊旧蝋**　昨年の十二月

**＊灰田勝彦**　ハワイアンとヨーデル、流行歌で太平洋大戦前後に一世を風靡した歌手

渡邊久子（富士）　『不二』（S13・10）
*甲種合格　盥《たらい》川某と　大声あぐる　青年の顔の　明るかり

平山美津夫（浜名）　『不二』（S13・10）
いかにしても　兵に行かむと　思い欲《ほ》る　こころは素直に
諮問《しもん》受け居り（司令官の前で）

酒井　滋（静岡）　『不二』（S14・3）
笑い事には　あらねど我の　痩せ居るを　軍医笑えば　心ゆ
るび来《く》

*紀元二千六百年を讃える歌　大岡博（三島）　『菩提樹』（S15・2）
新らしき　秩序の上に　立たんとぞ　国土響《とよ》もし　春は来向《きむか》
う

**＊甲種**　徴兵検査の格付け名称。甲種と第一乙種は現役合格、第二第三乙種は補充兵合格、丙種は国民兵役、丁種は不合格

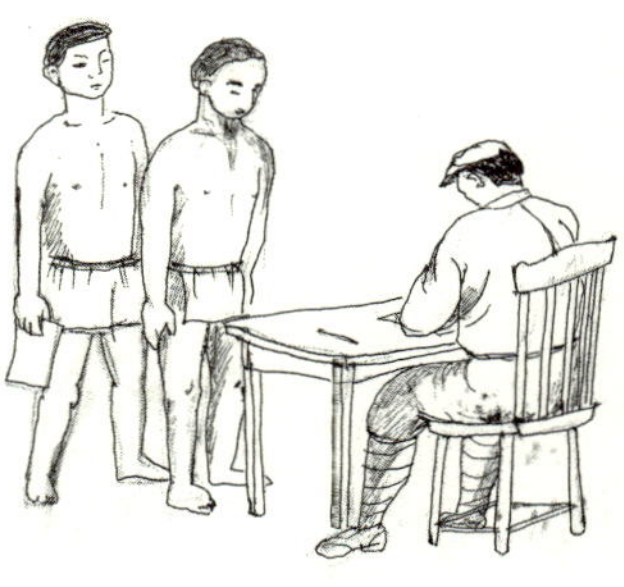

徴兵検査

**＊紀元二千六百年**　神武天皇の即位を元年（紀元）とする日本の紀年法で、通称皇紀。明治か

＊満州国皇帝御来朝　佐藤元芳（沼津）

三千《みち》とせの　ふみの上にも　ためしなし　外《と》つ国の君　迎えてしこと

『狩野の川淀』（S16）

飯塚傳太郎

宣戦の　＊大詔《おおみことのり》　今や降《くだ》る　四方《よも》の＊夷《えびす》も　心して聞け

静岡新聞（S17・1・11）

四條　正

しかすがに　大和民族は　己《こ》を捨てて　国と生くべき　世となりにける

静岡新聞（S17・12・5）

ひたぶるに　気負う心の　明け暮れや　＊奉公袋の　品を整う

大岡　博（三島）

『菩提樹』（S17・12）

ら昭和二十年の終戦までは元号と共によく使用されていた。現在では公の暦で神武天皇即位紀元をみることはほとんどないが、公式に廃止されたわけではない。神武天皇はその存在の実証が困難とされている

**＊満州国皇帝御来朝**　皇紀二六百年の祝賀のため、「満州国」皇帝溥儀は昭和十五年六月に来日した

「満州国」皇帝溥儀
『画報躍進之日本』（S15・8）

我が面《おも》　日に照らさしめ　＊十二月八日の今朝の　土踏みゆかん

**＊大詔**　天皇の詔勅。この場合は宣戦布告のこと

**＊えびす**　夷。中華思想で、日本を含む東方の野蛮人のこと。戦時中、日本は敵対している国に対して使った

**＊奉公袋**　在郷軍人が召集時にそなえて準備した袋。軍隊手帳、印鑑、預金通帳などを入れあり、召集されたときには、これに召集令状を入れて持っていった

**＊十二月八日**　昭和十六年十二月七日（ハワイ時間）、日本はハワイの真珠湾を空襲、八日に米英も対日宣戦布告し、太平洋戦争が始まった

# 二　メディアが伝えた戦争

『写真週報』（S20.1.24　表紙）

この写真は既に敗色濃くなった頃の、特攻を煽る『写真週報』の表紙である。そのほかにも、本書でも写真や図を多く引用している、国策宣伝のための「時局雑誌」があった。

『写真週報』（1938年～1945年）は、内閣情報局が編輯し、表紙には木村伊兵衛・土門拳などの写真が多く使われた。1937（昭和12）年の「国民精神総動員実施要項」が契機となったといわれ、“写真報国”をうたった。『同盟グラフ』（1930年～1944年）の出版社同盟通信社は、電通と有力新聞８社の組合を合併して作ったもので、内外通信を独占した。『画報躍進之日本』（1936年～1944年）は、ＳＦ作家の始祖と言われる海野十三が編集した雑誌で、“高度国防国家建設のため、世界各国より資料を集めた”と宣伝された。『週刊少国民』（朝日新聞社）だけは1942（昭和17）年から1946（昭和21）年まで出版され続け、その後、『こども朝日』と改題された。

戦時下では、警察庁検閲課指導により、雑誌や出版社の統廃合が行われた。婦人雑誌は1941（昭和16）年に50誌あったものが、休刊や廃刊に追い込まれ、1944（昭和19）年には『婦人之友』『主婦之友』『婦人倶楽部』の３誌にまで減らされた。

日中戦争が長引くなか、一九四一（昭和十六）年十二月八日、日本はハワイ・オアフ島の真珠湾を攻撃。米英に対して戦闘を開始した。ついに太平洋戦争が始まったのである。この戦争を日本は大東亜戦争と名付け、「アジア解放のための戦争」と謳ったが、実際には石油・ゴム・米などの資源を獲得するのが狙いだった。

新聞やラジオ、雑誌などは、物資統制のなかで紙数を減らしながらも報道を担った。しかしながら一九三八年に制定された国家総動員法によって、各メディアは政府・軍部の下部組織に組み込まれた。それには用紙の統制が強力な道具になった。

一九四〇（昭和十五）年には「情報局」が発足し、国家的報道・宣伝の一元的な統制を行なった。ラジオ・雑誌・書籍・ニュース映画などはすべて一元化されて国策メディアになり、同盟通信は、のちに情報局や軍部の直接支配をうけるようになった。

満州事変の直前まで新聞の多くは軍縮推進を提唱し、軍部に批判的だった。しかし事変拡大を機に主要紙は戦場にたくさんの特派員を派遣し、戦況を伝えることで、部数を伸ばした。反対に軍部に批判的な論調をとる新聞には在郷軍人会などを中心に不買運動が起きた。太平洋戦争の開戦とともに、新聞は、公式発表に疑問があっても、独自の記事を掲載するには廃刊の覚悟が必要になった。

このようにしてあらゆるメディアが国民に、あたかも戦争に勝ち続けているがごとく誇大妄想的な戦果を誇示して、戦意高揚の役割を担ったのである。

皇軍の　威力に敵は　退《しりぞ》きて　北支南支に　御旗《みはた》ぞ挙がる
海野薫波（浜松）『不二』（S12・9）

宮様の　戦傷伝うる　号外が　ひそけき街を　鈴鳴らし過《す》ぐ
加藤勝三（三島）『菩提樹』（S12・11）

回答の　時をひととき　すでに過ぎぬ　電波一瞬の　報を待ちかぬ（*降伏勧告）
矢田部穂柄（沼津）『菩提樹』（S13・1）

歯ぎしりして　六根清浄　続くべし　*ナチスの国の　消息ぞなき
大岡　博（三島）『菩提樹』（S15・1）

**日独伊防共協定一周年記念国民大行進式　日比谷公園に三万人が集まり、宮城遥拝・国歌合唱・皇軍将士に黙祷を捧げたあと、大行進した　『写真週報』（S13・11・16）**

**＊降伏勧告**　昭和十二年十二月九日、中支那方面司令官松井石根大将は、南京の首都衛戍司令官唐生智に翌日正午を期限の降伏

大橋天龍　静岡新聞（S17・1・8）

火の如く　燃ゆるを見よや　南《みんなみ》の　海一杯に　日本魂《やまとだましい》

土屋葉嵐　静岡新聞（S17・1・18）

我が方の　隠忍《いんにん》自重《じちょう》も　限度あり　立つべき時は　遂に至れり

沈まざる　艦と誇りし　ウェールズ号　*轟沈《ごうちん》の報に　快哉叫ぶ

熱き熱き　涙底より　たぎりくる　ラジオの申す　大詔《おおみことのり》に

石川聖代　静岡新聞（S17・1・24）

香港も　マニラも潰《つい》え　逃げ込みし　*シンガポールの　敵兵あわれ

四條　正　静岡新聞（S17・1・25）

あげつらう　備えのもろさを　世に示す　あめりか哀れ　英

勧告状を送るが、回答はなかった

**＊ナチスの国の消息**　ドイツはソ連を対象に日独伊三国同盟を提案。しかし昭和十四年八月、ドイツはソ連と不可侵条約を締結したため、日本はドイツとの交渉打ち切りを決定した

**＊轟沈**　攻撃を受けて艦が瞬時（一分以内）に沈没すること

**＊シンガポール**　日本軍は二月にシンガポールを占領、県下各地で占領祝賀会が開かれた

国あわれ

時来《きた》る　大岡 博（三島）『菩提樹』（S17・1）

天皇《おおきみ》は　神にしませば　畏《かしこ》しや　敵撃つ時を　示し給えり
やむを得ざる　ことととぞ宣《の》らす　大御言《おおみこと》　涙は降りて　とどまらぬかも
一年《ひととせ》を　全《また》く勝ち抜き　海に空に　陸に轟く　天皇陛下万歳

大東亜戦争　植松 喬（吉原）『菩提樹』（S17・1）

*クアンタン沖に　敵の二艦を　轟沈す　緒戦早くも　あがる勝ちどき

杉山正雄（土狩）『菩提樹』（S17・1）

英戦艦　*プリンスレスパルス　轟沈の　記事は母にも　見せつつ読みぬ

開戦１年目の二重橋
『同盟グラフ』（S17.1）

**＊クアンタン沖**　マレー沖海戦（昭和十六年十二月十日）が行われた海域

**＊プリンスレスパルス**　マレー沖海戦で撃沈した、英国の新型戦艦プリンスオブウェールズと旧式戦艦レスパルスのこと

よく備え　よく戦い　よく堪えよと　東條首相　声凜々《りり》しけれ

露木和子（沼津）『菩提樹』（S17・1）

*パレンバンに　落下傘部隊　苦しめる　記事あさり読む地図に照らして

望月久代（静岡）『アララギ』（S17・8）

十一億の　民苦しめし米英の　東亜侵略の歴史　心たかぶり読む

石井房男（大仁）『アララギ』（S17・8）

じりじりと　悪足掻《わるあが》きして　滅落する　仇《あだ》し国どもに　手をゆるむるな

岡　和一（掛川）『菩提樹』（S18・5）

東条英機首相
『画報躍進之日本』（S18・5）

**＊パレンバン**　インドネシア、スマトラの南東部にあり、オランダが領有。油田開発と共に近代化された。昭和十七年二月に日本軍落下傘部隊が強行降下し、占領。日本軍の重大な石油供給

東條首相　大岡　博（三島）『菩提樹』（S18・7）

利潤のみ　追える族《やから》は　み軍《いくさ》に　弓引く賊と　説き放ちます

朝《あした》には　東京に語り　その夕べ　南京に説く　わが首相はや

「*空の神兵」を観る

必殺の　攻撃威力　秘めもちて　天降《あまくだ》りゆく　ゆたけさを見よ

*アッツ島　植松　喬（吉原）『菩提樹』（S18・7）

焔なし　敵に攻め入り　悉《ことごと》く　果てしみ軍《いくさ》に　我等つづかん

*バドリオ伊政府脱落　大石益春（富士宮）『菩提樹』（S18・9）

鬼輩の　傀儡《くぐつ》となりて　亡びたる　国のいくつを　思いも見ずや

ファッシスト国　*民政府樹立

魂なき　国に生まれて　男《お》の子ぞと　起《た》ち給いけり　こゝろ

基地となった

***空の神兵**　落下傘部隊（空挺部隊）に対する愛称、またパレンバン落下傘部隊をモデルにした映画・軍歌の題名

***アッツ島**　アラスカ半島とロシアとの間に連なるアリューシャン列島の小島。昭和十七日本軍が無血占領したが、翌年、米軍の攻撃により全員戦死した。この島から「玉砕」が始まった

***バドリオ政権**　一九四三年三月、連合軍はイタリアに上陸。八月、バドリオ政権は降伏を受諾した

***民政府樹立**　バドリオ政権降伏後、ムッソリーニはドイツ軍に救出され、北イタリアに新政府樹立を宣言する

猛《たけ》くも

第二次交換船　大澤ユリ子（沼津）『菩提樹』（S18・10）

恙《つつが》なく　疾《と》く還りませ　帝亜丸に　命託せし　千五百の邦人《ひと》

山本静枝『アララギ』（S18・10）

ひたむきに　敵隊長機　墜《おと》さんと　燃えし心ぞ　神にしあり
ける

大岡　博（三島）『菩提樹』（S18・11）

酷《はなはだ》しき　戦《いくさ》つづける　ひそけさを　堪えてや人の　触れん
とはせぬ

一騎当千　正に信じて　疑がわね　夜を日に寄する　仇《あだ》ども
の数

岡　和一（富士宮）『菩提樹』（S18・11）

**この手で造つた飛行機が**
**この眼で送つた荒鷲が**
**あの驚天の戰果をあげたのだ**
**われらは**
**戰場をにらんでまつしぐらに**
**飛行機を造るのだ**
**あの荒鷲につゞくのだ**

空の決戦相次ぐ『写真週報』（S18・11・24）

唯われは　涙垂りおり　第一次*ブーゲンビル島沖　航空戦
*大捷《しょう》報

隊長機　二つながらに　体当たり　艦沈めしと　聞くが尊さ

植松　喬（吉原）『菩提樹』（S18・11）

大東亜結集国民大会の実況をききて

*しこぐさを　ねこじて屠《ほふ》れ　十億の　アジアの土ゆ　ねこじて屠れ

山本眞壽美（沼津）『菩提樹』（S18・11）

仇《あだ》国は　あだくにながら　ひたすらに　飛行機作る　夜も小《お》止みなく

植松　喬（吉原）『菩提樹』（S18・12）

米空母*ホーネットより敵側が撮影せるニユース映画を見て

うちけぶる　空を飛び来る　わが機見え　涙ぐましも　子に

**＊ブーゲンビル島沖航空戦**　南西太平洋ソロモン諸島の島。ラバウルの日本軍と、ブーゲンビル島周辺の米海軍との戦闘。米軍は島に上陸、航空基地を建設したため、ラバウルは米軍の優勢下に置かれることとなった。しかし国内では大戦果をあげたものと報道された

**＊大捷報**　勝利の知らせ

**＊しこぐさ**　醜草は刈りつくさめや絶ゆるまで硫黄ヶ島に銃とり撃たむ（硫黄島守備隊）大東亜戦争殉難遺詠集（絶版）より

**＊ホーネット**　アメリカ海軍の航空母艦。ガダルカナル攻防戦に参加、被弾して炎上した。日本軍は拿捕曳航しようとしたが断念、魚雷で沈没させた。この様子はフィルムに記録され、学徒

教えつつ

井出直人（静岡）　静岡新聞（S19・1・26）

指揮の　迫らぬ姿　見てあれば　五千の勇士　迷いだになし

（*タラワ　マキンの戦友に）

岡本幸太郎（浜松）　『アララギ』（S19・2）

南海に　続けて挙げし　大戦果　我が大君《おおきみ》も嘉《よみ》し給えり

大庭幹夫（小笠）　静岡新聞（S19・8・31）

補給さえ　難《かた》き*ガ島の　密林に　生ける神兵ありて　敵を悩ます

出陣の映像と共にニュース映画として広く上映された

**＊タラワ**　太平洋中西部にある島。昭和十八年十一月から米軍が上陸を開始、大本営発表では、米機動部隊を撃沈とされたが、実際には日本軍は玉砕した

**＊ガ島**　ガダルカナル島。昭和十七～十八年に激しい攻防戦がおこなわれた。日本軍は多大な犠牲者を出して撤退。その後、米軍の反攻が激しくなった。戦死二万八千人のうち二万三千人が餓死・病死で、餓島とも呼ばれた。静岡県出身将兵の多くも、飢えとマラリアに倒れた

# 三　銃後の暮らし

静岡平和資料館をつくる会提供・大門堂写真館蔵

この写真は、静岡市清水区仲浜町の大門堂写真館の故・宮澤長久さんのお宅からお借りしたもので、旧清水市忠霊塔建設のための婦人会の奉仕活動である。日中戦争の長期化は戦死者の増加をもたらし、地域では新たな建碑の気運が盛り上がった。そのような状況を背景に、1939（昭和14）年に設立されたのが財団法人大日本忠霊顕彰会だった。（名誉会長は内閣総理大臣、会長は陸軍大将）この半官半民的な団体によって、全国的な忠霊塔建設運動が推進された。

外地では主要な戦跡に、内地では1市町村に1基を建設するよう呼びかけられた。1942（昭和17）年の時点で、全国に260余基が完成、または建設中だったというが、静岡県内に何基つくられたかは不詳。忠霊塔は納骨を伴う点やコンクリート製の大規模な建造物である点で、墳墓としての性質が強かったということである。

戦争の拡大とともに、男たちは赤紙と呼ばれた召集令状で戦場へ駆り出されていった。戦場の兵士を国内で支えることを「銃後」と呼んだ。銃後の女性たちは、男性がいなくなった家庭を守り、軍需物資を戦地に送るために極端な物不足になる中で、暮らしを支えた。

大日本国防婦人会、愛国婦人会が全国に支部をもち、女性たちの活動をまとめた。そして、軍事訓練や機関銃の射撃練習、出征兵士のための慰問袋づくりなど、戦時体制を支える大きな役割りを果たしたのである。

当初、日本軍はマレー沖海戦の勝利、シンガポールの攻略など優位に立ったが、一九四二（昭和十七）年のミッドウェー海戦で一気に守勢に立たされ、以後、ガダルカナル、アッツ島、サイパン等の玉砕により、戦局は悪化してゆく。

それとともに国民生活は窮乏化が進んだ。食糧不足が深刻になり、代用食が工夫された。「贅沢は敵だ」というスローガンのもとに、おしゃれやパーマの禁止、ダンスホールや喫茶店の閉鎖が進んだ。また男性は国民服、女性はもんぺなど地味なものを着るように指導されてゆく。映画や流行歌も厳しい統制を受けるようになった。

米軍の空襲は激しさを増し、夜間空襲に備えて灯火管制を敷き、防空壕を掘り、バケツリレーや救護訓練など、人々の暮らしは逼迫した。

島野晋一（浜松）『不二』（S12・10）

芸妓《げいぎ》らの　集めし義金　大方は　五銭十銭にして　*五百円を越ゆ

秋野朝司（相良）『不二』（S12・11）

召さるべき　日は遠からず　春咲きの　花種は妻にし　植えしめにけり

竹下妙峰（浜松）『不二』（S12・11）

丈夫《ますらお》は　戦死《し》すこそ誠の　道なれと　言えるは傷の　やや軽き人か（市長の言葉に答う）

品田聖平（富士）『不二』（S13・2）

劇団のこと　よくは知らねど　恋故に　岡田嘉子は　皇国《みくに》に叛《そむ》きぬ

**＊五百円**　昭和十四年、米十キロの値段は三円二十五銭、石鹸一個十銭だった

静岡市の護国神社へ参拝した芸妓たち　静岡平和資料館をつくる会提供・山梨龍平氏撮影

山口豊光（静岡）
*黄金木綿に　虎描くことも　慣れ来つつ　事変はすでに四期に入りたり
『不二』（S13・2）

原口路彦（榛原）
出征勇士の　家族慰問を　せし後に　村の首脳部は　飲みて帰れり
『不二』（S13・4）

三井雄策（静岡）
寅年の　妻を訪ねて　千人針　持ちたる人の　今宵も来たれり
『三井雄策歌集』（S13・12）

影山義男（静岡）
*御紋章　入りの煙草を　いただける　この元朝の　幸《さち》に泣かまく
『不二』（S14・2）

出征する家族のために千人針を刺してもらう女性
『写真週報』（S15・3・30）

**＊黄金木綿に虎描く**　いわゆる千人針。千人の女性が赤糸で一針ずつ縫った布を出征兵士に贈ったもの。これを腹に巻くと弾よけになると言われた。はじめ白い腹巻きに碁盤目模様で刺していったが、後に黄色い布が用いられるようになり、虎の絵やス

和爾美芳（羅南）『菩提樹』（S15・1）

国の炭の　費《ついえ》をふせぐと　鍋底に　吾は墨塗る　この一ときを

諾《うべな》うべきや　惟村敏晴（下田）『菩提樹』（S15・4）

公定価　一円余りの　ブリキなれど　闇値は高し　四円五拾銭とぞ

月当《つきあて》の　配給四枚　また五枚　それで生活が　立つべくもあらず

日阪村と牧の原　池田　勇（志太）『菩提樹』（S16・2）

吾が村の　七柱《ななはしら》めの　英霊《みたま》となり　時雨《しぐ》るる峡《かい》に　君還り来ぬ

北川　滸（志太）『菩提樹』（S16・10）

一日も　忘れてならじと　思いつつ　机に座して　慰問文かく

ローガン文字をプリントしたものが市販された。「虎は千里いって千里帰る」といわれることにちなんだもので、寅年生まれの女性は、年齢の数だけ縫い玉を作ることができた。また一針入れてもらうと他の女性のよりも弾にあたらないと言われた

**＊御紋章入りの煙草**　いわゆる恩賜の煙草。軍の官給品で、天皇から下賜されたものとされた

衣料切符を手にする女性
『写真週報』（S18・6・3）

職工われは　長田茂雄（焼津）　『菩提樹』（S17・1）
急がしく　航空用具　送りしが　今に備えて　役立ちたれや

北川稔朗（志太）　『菩提樹』（S17・1）
あな星の　多く墜つるよと　仰ぎつつ　尿《いばり》もよおす　監視哨
われは

鈴木洲江　『アララギ』（S17・5）
おみな子も　*醜《しこ》の御民《みたみ》と　実家より　貰いて気負う　子な
き我らは

平松東城（浜松）　歌集『雨燕』（S17）
上海　総攻撃の号外　貼り出しおり　夕雨にぬれて　われも
見んとす
動員令の　噂伝えて　騒がしき　この夕べ村の兵　二人立つ

たばこ一本ずつに天皇家を表す
菊花紋章が入っている

静岡県賀茂郡松崎町の松崎防空監視哨
静岡平和資料館をつくる会提供・
斎藤只春氏蔵

**＊醜の御民**　万葉集にある「醜の御楯」（卑しい身ながら天皇を守る盾となる者）による

松島綾子　『アララギ』（S17・8）

学校を　出《い》で　工場へ　行かずして　農業せるを　恥づる
少女子《おとめご》

一丁ごもり　曾根さと（志太）　『菩提樹』（S18・2）

吾子《あこ》や*背の　武運守らせ　給えとぞ　親族《うから》やからは　籠り
ぬ堂に

文学座*「北京の幽霊」を国民新劇場に観る

小野力藏（焼津）　『菩提樹』（S18・3）

幽霊に　笑われている　煩悩の　人間《ひと》の一人の　これの己や

萩原省吾（熱海）　『菩提樹』（S18・3）

右の手に　戦闘帽子　片の手に　杖つく男　物乞いて歌う

大日本国防婦人会の炊き出し訓練
静岡平和資料館をつくる会提供・
山梨龍平氏撮影

**＊背**　夫

**＊『北京の幽霊』**　飯沢匡が昭和十八年に書いた喜劇。舞台は昭和十五年の北京。日本人一家が

鹽川泰子（富士宮）『菩提樹』（S18・3）

遺家族が　縫工として　集い来る　授産所楽し　いたわり合いつつ

小野力藏（沼津）『菩提樹』（S18・5）

彼《か》のどもが　良き習慣は　良しとすれ　女がズボン　穿けるは奈何《いか》に

夜勤務《やづとめ》　内田仁（蒲原）『菩提樹』（S18・5）

*○萬KWの　電力の量を　示しつつ　細き指針は　微動しつゞく

大岡　博（三島）『菩提樹』（S18・6）

供出の　薪木背負いて　山裾の　冬田渡れば　ひととき楽し

青島　滋『アララギ』（S18・6）

越してきた家に、西太后に仕えた宦官・日中戦争の重慶軍兵士の幽霊が現れる

「決戦衣服はこれだ」『写真週報』（S18・7・7）

*○　伏せ字。作戦や兵器の構造・性能や部隊の配置・編制・

九日の　後には兵と　なる吾ぞ　果たしてゆかむ　仕事を列記す

義弟満鉄入社　　提坂道彦（島田）『菩提樹』（S18・6）

西銀座　八丁目の「一利喜」に　河豚《ふぐ》を食いつつ　気負いし義弟か

山梨朝江（興津）『菩提樹』（S18・6）

警報の　発せし今朝を　おみな吾　防空服に　身をかためたり

中山彌生（沼津）『菩提樹』（S18・7）

静かなる　夜ふけし道を　コツコツと　義足の傷兵　音残しゆく

伊豆春夫（宇佐美）『菩提樹』（S18・8）

人事など、敵国に知られると不利に成り得る情報は、軍事機密とされ、検閲の対象となった

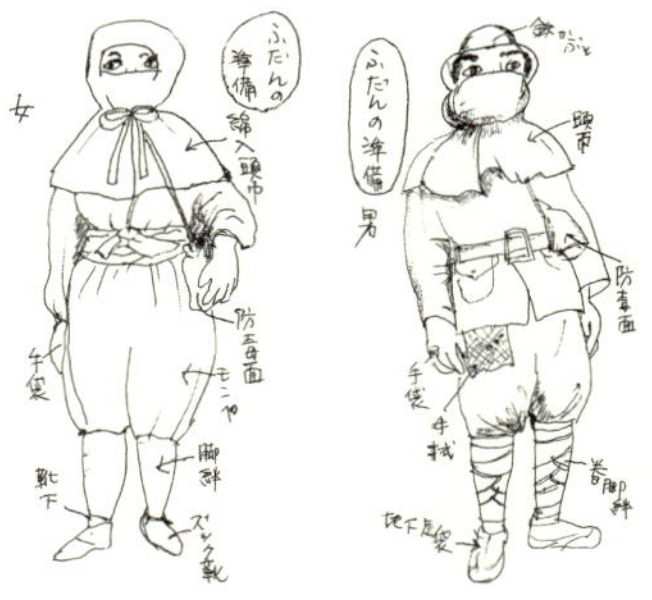


防空服

日の丸の　御旗《みはた》を立てて　供出の　麦運びゆく　牛車八台

一等と　捺印されし　麦の俵を　なでさすりいる　百姓もおり

*割当の　麦の供出　果しつと　神酒《みき》をくみ合う　人ら集いて

*学徒奉仕隊　山本眞壽美（沼津）『菩提樹』（S18・8）

紺匂う　モンペそろいて　作業場に　向う学徒の　大き歩みや

小野力藏（沼津）『菩提樹』（S18・10）

すでに我が　*電波兵器や　前線に　活躍すと聞く　○台目ぞこれ

藤間嘉代子（熱海）『菩提樹』（S18・10）

丈高く　ヒマの木伸びぬ　決戦の　秋にそなえて　その実護《まも》

**＊割当**　食糧難のため、政府は主要農産物を強制的に割り当てて買い上げた。供出は戦争が進むにつれて厳しくなり、米のほかに麦、甘藷と広がり、地域の連帯責任感を利用して割当を達成させようと、個人割当から部落割当へと変わった

**＊学徒奉仕隊**　軍需工場や食糧増産の労働力不足を補うため、学徒勤労奉仕隊として、十二歳以上の生徒の勤労動員が行なわれた。昭和二十年三月時点で四、五十万人を数える

**＊電波兵器**　レーダー画面で敵味方の区別をするため、飛行機に搭載した味方標定機。軍事機密のため、敗戦時に多く破壊されたのでほとんど残っていない

らん
*袖断《た》てば　人目に立てど　かりそめの　流行とはせじ　勝
ち抜くまでを

　歌舞伎座に菊五郎の藤娘を観る　小野力藏（沼津）

『菩提樹』（S18・11）

三階より　見ゆる一、二等席　黄に紅《べに》の　花園に似て　灯光《ひかげ》
にけぶる

　学友加藤　小島國夫（三島）　『菩提樹』（S18・11）

三年《みとせ》振りに　白き米飯《めし》だよと　広き肩　ゆすぶりて笑《え》ぐよ
吾が友加藤
しまい置きし　配給の酒は　温めて　今宵加藤と　過ごさん
と思う

　大捷報　第二次ブーゲンビル島沖航空戦

大切な国防資源として、学校や隣組・休閑地などでのヒマの栽培が奨励された
『週刊少国民』（S18・3・14）

**＊袖断つ**　国民精神総動員の運動の一環。パーマネントや振り袖

小野力藏（沼津）　『菩提樹』（S18・12）

この図面　電波器となりて　一線に　敵打ち叩く　その日間近し

ガ島の英霊を迎えて　小島國夫（三島）　『菩提樹』（S18・12）

ガダルカナルに　任《にん》遂げ果てし　兵士《つわもの》の　御霊《みたま》過ぎ行く　我が前を今

望月久代（静岡）　『アララギ』（S19・3）

朗《ほが》らかに　いでたちし後に　残されし　一首の歌に　親族《うから》ら泣きぬ

菅沼藻風（静岡）　『アララギ』（S19・3）

応召《おうしょう》の　令状を懐《ふところ》に　日暮れまで　旋盤工君《きみ》は　働き帰る

は非国民的であるとされ、もんぺが一般化していった

応召風景
静岡平和資料館をつくる会提供・山梨龍平氏撮影

斎藤彌三郎（清水）

一月七日　山の芝生に　子等とありて　哨戒機飛ぶ　街を見ており

『アララギ』（S19・3）

川村俊雄（静岡）

幼な友　ふたたび征《ゆ》ける　故郷に　わが病み易くして　帰り来たれり

『アララギ』（S19・3）

野々垣黙成（静岡）

沿岸の　防備固めて　怠らず　在郷軍人　分会員われら

『アララギ』（S19・6）

紙谷庭太郎（浜松）

白絹を　掛けしのみなる　御柩《みひつぎ》に　飾られてある瑞宝章一つ

『アララギ』（S19・7）

張間禧一（静岡）

*戦時履きの　下駄生産を　業者等と　図《はか》りしが　今日は

『アララギ』（S19・9）

陸軍衛戍病院での慰問風景。後ろ右は静岡市城内尋常小学校
静岡平和資料館をつくる会提供・山梨龍平氏撮影

***戦時履き**　皮革製品非常時管理が行われて靴の製造が止まり、かわりに下駄が用いられた

軌道に乗りたり

駿河富士夫（静岡）　静岡新聞（S19・10・25）

早や義手に　慣れし職場に　いそしめる　帰還の友の　面《おも》は
逞《たくま》し

機械油に　染みし手を振り　学徒隊　奉仕終えたる　工場を
出づ

動員学徒のうた　温井松代（伊豆長岡）

『昭和の記録　歌集八月十五日』（H16）

戦いの　いかに厳しく　あらんとも　季《とき》の来ぬれば　山百合
は咲く（昭和二十年五月作）

猪原雄二　『静岡県アララギ月刊』（S26・1）

いくたりか　疎開し来《きた》り　貶《おとし》めて　去りたり　川水の　清き
わが町を

静岡市の三菱工場に勤労動員された
静岡高女（現城北高校）の生徒たち
静岡平和資料館をつくる会提供・
鈴木信子さん蔵

斎藤路郎　『年刊歌集一九六一年』（S36）

夜となるを　待ちて畑に　芋盗みし　疎開者吾を　知る者なけむ

稲葉トミ（浜名）　『水の精』（H10）

岐阜羽島　柳津駅に　降り立ちぬ　学徒動員　はるばると来て

かかわりし　㋫《まるふ》作業と言う秘密　其の不確かさ　今に思えり
（*風船爆弾）

しんしんと　雪の降る夜に　工廠の　乾燥機に漉く　軟化原紙よ

上半球　下半球また　坐帯あり　㋫作業は　夜に日を継ぎぬ

燈の暗き　卓に煮物の　大根が　二切れ皿に　盛られて来たる

ブローチと　交換したる　そら豆は　ひとりに四粒　食べて眠りたり（中川先生）

**＊風船爆弾**　昭和十九年～二十年、アメリカ本土攻撃を目標とした「ふ号作戦」が行われた。和紙をこんにゃく糊で張り合わせて直径十メートルほどの気球を作り、水素ガスを詰め、爆弾を装着して、気流に乗せて飛ばした。製造には勤労動員された女学生が従事。九千個以上飛ばし、約千個が到着、各地で山火事を起こしたが、実質的な効果は殆どなかった

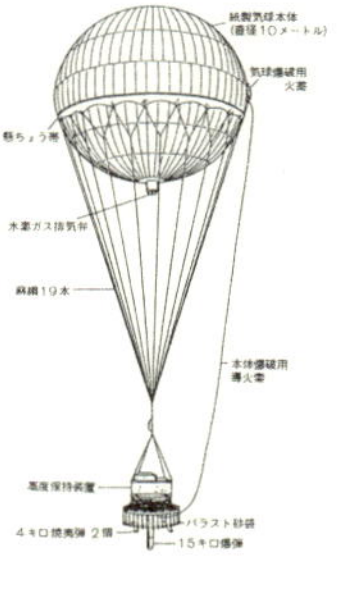

林えいだい『写真記録・風船爆弾』

終《つい》の地に　なるかも知れぬ　*蛸つぼを　工廠の庭に　鍬で
掘りたり

明日征《ゆ》くと　軍刀をさげ　岐阜師範の　生徒かけゆく　わが
旋盤の横

柳津の　工廠広場に　集りて　玉音放送　聞きて終りぬ

九ヶ月の　学徒動員　解除され　二十年晩夏　父の声聞く

戦災に　残りし講堂を　借り学ぶ　二百余名の　一人であり
き

配給の　食用脂に　火点《とも》して　春の夕べは　ピアノを弾けり

第一次女子挺身隊　三宅つなゑ（浜北）
『歌集なでしこ』（H11）

祖父の袴《はかま》を　仕立て直しし　もんぺ穿き　卒業式の　晴れ着
となしき

万歳の　声に送られ　汽車に発ちし　十六歳の　女子挺身隊
は

**＊蛸つぼ**　家庭用の防空壕。坐って入れるくらいの縦穴を掘り、板を渡して蓋とするよう指導された。しかし直撃弾には役に立たないばかりか、焼夷弾が主になってくると中で焼死する危険の方が大きく、使われなかった

富士ガス紡績小山工場に動員された相良高等家政女学校の生徒たち『わたしたちの街にも戦争があった』より

命《めい》により　挺身隊われの　配属は「機関車職場弁装置仕上組」
機関車の　下にて作業の　真昼間を　するどく告げ来《く》　敵機来襲
空襲の　あるやも知れぬ　通夜なれば　爆死の友に　灯りは灯せず
　　水城　孝（富士）　遺歌集『低唱』（H15）
私服刑事に　連行されつつ　*マルクスの　資本論は捨てし路の暗きに
　　田中初枝（小笠）　『昭和の記録　歌集八月十五日』（H16）
日の丸の　鉢巻締めて　勝つまでと　魚雷の螺子《ねじ》を　日毎造りし

**＊マルクスの資本論**　治安維持法があった時代には、マルクスの『資本論』のような共産主義的（とされる）文献は、単純所持も特高警察により禁止されていた。
　治安維持法とは、日本共産党を中心とする革命運動弾圧のため、（男子）普通選挙法と引きかえの形で制定された法律。やがて共産党員のみならず、その支持者、労働組合・農民組合の活動、プロレタリア文化運動の参加者にまで適用されるようになった
　また「目的遂行ノ為ニスル行為」との規定は、「マルクス主義、社会主義に共鳴するものについて、彼が食事するのも、歩くのも、『目的遂行ノ為ニスル行為』とみなしうる」との拡張

知久安次（榛原）　『昭和の記録　歌集八月十五日』（H16）

*雑炊二十銭の　蛇行の列に　ならびおり　学徒動員の　腕章つけて

山下静子（静岡）　『昭和の記録　歌集八月十五日』（H16）

疎開地の　女学校の教室に　竹のミシンの　置かれてありき

解釈で濫用された。

一九七六年『文化評論』臨時増刊によれば、虐殺六十五人、拷問・虐待が原因で獄死百十四人、病気、その他の理由による獄死千五百三人、逮捕後の送検者数七千五百六十八人、未送検者を含む逮捕者数十万人といわれる

***雑炊**　僅かな米に大根葉やクズ野菜が入っている汁のようなものだったが、公営食堂では外食券なしで食べられたので行列が出来たという。昭和十九年、県内の四ヶ所に雑炊専門の食堂が開設された

# 四　戦場の父・夫・友を想う

静岡平和資料館をつくる会提供・大門堂写真館蔵

旧清水市では当時、プロの写真屋さんが、出征兵士の家族を無料で撮影し、戦地へ送る「無料慰問写真撮影」が行われていた。この写真もお寺の境内のような所で、着飾って神妙な面持ちの母子を撮影したものである。うら若いお母さんと、小学校高学年から２歳ほどの５人の子どもたちが、晴れ着を着て緊張している様子がなんともほほえましい。

撮影の奉仕をしているのは、ラッキー堂カメラ店の北條清さんか、もしくは仲浜町の大門堂写真館の宮澤長久さんと思われる。現在の静岡市清水区銀座１丁目22（当時は清水市仲浜町）にあった大門堂写真館は、電車通りまで広い空き地があり、空襲のあと、ぽつんと焼け残っていたために貴重な戦時中の写真が残ることになった。

ラッキー堂カメラ店の場合は、自宅は焼けたが、防空壕に入れてあった原板が残った。

一九三〇（昭和五）年、戦火が満州から中国全土に広がると、徴兵検査が頻繁に行われるようになった。甲乙丙に分類され、甲種と第一乙種の男子は軍事教育を受け、天皇の軍隊としての信念を叩き込まれた。そして国から赤紙と呼ばれる召集令状を受け取ると軍隊に入り、家族と別れ、出征していった。

出征は名誉なこととされ、町中の盛大な見送りを受けた。兵士たちの家族は、街角で「武運長久」を祈る縁起かつぎの千人針を縫ってもらって、父や夫に持たせたのである。戦地からははるばる軍事郵便が届くこともあったが、検閲を受け、国や上官にとり都合が悪いことは書けなかった。

家庭や学校、婦人会などで盛んに*慰問袋が作られ、子どもたちは一生懸命に兵士を励ます手紙や絵を描いた。人気歌手や漫才師、俳優などの慰問団が海を渡った。菊池寛、林芙美子など作家たちも従軍して戦場の様子を伝えた。

『第弐不二年刊歌集』（S10）

加藤恵都子

軍国の　掟《おきて》とはいえ　満州の　露と消えたり　はるかなる弟は

「凱旋したか」と　迎うる父の　み言葉に　堪えし泪の　一

慰問袋

『写真週報』（S13.4.6）

時にあふれ

三木　孝（静岡）『不二』（S12・10）

田上部隊に応召　機関銃手なりし友　長田上等兵、九月十五日の戦闘に於いて戦死す

友死せり　戦死者の号外に　君が名を　まさ目には見ぬ　君や失せたり

山下朝夫（小笠）『不二』（S12・10）

戦死の報　にぎりしめつつ　ひそかにも　無事の便りを　待つと言う母よ

鈴木廣利君を送る

矢田部穂柄（沼津）『菩提樹』（S12・11）

数頭の　馬と共寝の　貨車内に　もの慣れし兵と　なれる廣利

**村を行く葬列。当時戦死して帰ってくることは凱旋と称された**
**静岡平和資料館をつくる会提供・山梨龍平氏撮影**

**＊静岡歩兵第三十四連隊**　明治三十年創設。静岡県出身者で構成され、駿府城跡に本部をおい

横山壽夫（静岡）　　　　　　　　『歌集　迎火』（S12）

一月十日　歌友松永美津久兄《けい》　＊静岡歩兵第三十四連隊　機関銃隊第四班に入営す

兵営の　よき歌うたう　美津久と　なるべき日をぞ　ひそけく待たむ

弟の戦傷前後　　植松　喬（吉原）　『菩提樹』（S13・1）

弟に　おくる鰹節　食いやすく　こまかくすると　鋸《のこぎり》にひく

慰問袋　まだ届かぬか　汝《な》が好きな　ソーセージをも　入れてやりしが

風さむき　蘇州河畔の　戦いに　ついに傷つき　仆《たお》れたりしか

弟の　負傷の記事は　何となく　誇らしく見る　吾にしありけり（新聞記事に出ず）

た。

明治三十七年、日露戦争に参加、遼陽付近で大激戦、五千人の出征に対し千百人を超す戦死者を出した。関谷連隊長、橘大隊長も戦死、のち軍神に祭られた。現在東御門近くに記念碑が建っている。

その後南京攻略戦・徐州会戦・大別山作戦に参加するなど、昭和十二年より終戦までの八年間を中国大陸で戦い続けた。

「大陸打通」は、南方との陸上交通路を確保すべく広大な中国大陸縦断を目指した陸軍史上最大の作戦で、参謀本部内でも中止論が出るほど無謀なものだった。第三十四連隊はその先陣部隊として参加。兵士たちは、コレラや赤痢に倒れ、弾薬が尽

山下朝夫（小笠）

完爾《かんじ》と　笑《え》みて立ちにし　この校庭に　君が遺骨は　いま着き給う

『不二』（S13・1）

島野晋一（浜松）

朝鮮の　北国にする　君が起き伏し　まして偲ばゆ　寒き今宵は

『不二』（S13・1）

小川恭寛（静岡）

傷兵の　白衣の前を　すぐる時　おのずと人は　つつましくゆく

『不二』（S13・1）

小野芳夢（浜松）

隆一は　四十路《よそじ》過ぐるに　軍属を　自ら願い　勇みたつなり

『不二』（S13・2）

双葉かほる（静岡）

『不二』（S13・5）

きるなか突撃していったが、約八カ月かけてやっと目的地を占領したときには、その作戦はまったく無意味なものになっていた。

連隊の約四千三百名のうち戦死者は約二千二百名。約八割が病死または自殺だったという

松田写真館の子息が学徒動員　静岡平和資料館をつくる会提供・山梨龍平氏撮影

*ニュース映画に　出で来《こ》しという　弟を　たまゆらなれば
吾れは見ざりき

柴原敏雄（三島）　『菩提樹』（S15・1）

友・田村　機関中尉の　乗り組める　*潜水艦伊号　一歳に
して浮く

大岡　博（三島）　『菩提樹』（S15・6）

丸太もて　尾翼に砲を　擬装せし　くやしさを聞けば　いき
どおろしき

中川　力（三島）　『菩提樹』（S16・3）

凍てつきし　戦さの庭に転がりて　三日居たりと　聞くは悲
しも

深澤福二（清水）　静岡新聞（S17・6・20）

自宅前で英霊を迎える
山梨龍平氏撮影　静岡平和資料館をつくる会資料・米国立公文書館蔵・工藤洋三氏提供

**＊ニュース映画**　テレビが普及するまで、映画館で本編前に上

はるかに皇居を拝し　傷つくは自決し　のこるもの一百余
火の魂と果つ

　近藤千鶴子（周智）『不二』（S17・8）

刻々に　戦機みなぎる　上海より　待ちいし義兄の　手紙は
着きぬ

　軍神像　提坂道彦（島田）『菩提樹』（S18・2）

*軍神岩佐中佐の海軍兵学校時代、義兄は其の教官たりき。昭和十七年春卯月《うづき》日比谷に、九軍神の海軍葬ありし日の夜、奇《く》しくも吾《われ》目黒の海軍大学官舎に義兄を訪いたり。時に義兄は吾に岩佐中佐の影像を賜いたり。その影像の傍らに「いろはにほへと」の七文字記されありき。そは岩佐中佐の筆跡なりしとぞ。続く「ちりぬるを…」は真珠湾頭に身を以って示し給えるなり。その後、日ならずして、義兄は現地幕僚として出征せられたり。また吾は病みつきて、不自由なる生活《たつき》を送るも、彼《か》の影像を、日毎々々神とし仰ぎ、拝みまつること怠たらざるなり。

映された。庶民が記録映像に接する殆ど唯一の機会だった。支那事変以前は毎週百九十五本だったのが、事変以後には毎週五百十本に増えた。上映館は全国で九百二十一館、ニュース映画専門館も三十七館あった

**＊潜水艦伊号**　海軍の潜水艦は、千トン以上の一等潜水艦を伊号・二等を呂号・三等を波号と名付けられていた

潜水艦伊号の画（静岡新聞）

愛児《こども》あらば　愛児に訓《おし》えよと　軍神の　像を賜いて　義兄《あに》は征きたり

夫戦死す　佐藤恵子（吉原）『菩提樹』（S18・10）

兵多数《あまた》　行き交う街の　灯《ともしび》さけ　かなしみ耐えて　我は歩めり

大澤ユリ子（沼津）『菩提樹』（S18・10）

玉砕の　アッツの勇士　聞こし召せ　国ぬち静かに　コオロギなくを

従弟　飛行*予科錬習生に合格　山梨朝江（興津）『菩提樹』（S18・10）

張り切って　勉強しますと　勇《いさ》み立ち　従弟もい征《い》く　空の決戦へ

**＊軍神岩佐中佐**　海軍中佐。人間魚雷を考案し、自らこれに搭乗して真珠湾攻撃で戦死し、軍神として扱われた

予科練の隊員
『写真週報』（S19・12・20）

**＊飛行予科練習生**　海軍飛行兵養成制度の一つ。通常〝予科練〟と呼ばれることが多い。満十五歳以上二十歳未満の志願制。太平洋戦争勃発と共に、下士官として航空機搭乗員の中核を占め

十一月二十日横須賀合同葬儀に参列して

佐藤恵子（吉原）『菩提樹』（S18・12）

皇国《こうこく》の　神となりましし　背子《せこ》ぞはや　悲しみならぬ　涙湧き出ずる

斎場の　静寂破りて　弔銃は　とどろき渡り　嗚咽漏れ来《き》ぬ

斎田玉葉（浜松）『アララギ』（S19・8）

母吾の　病《や》むをも知らで　便りもなき　吾子《あこ》は　何処《いずこ》に　戦い居らん

山名英郎（静岡）『アララギ』（S19・10）

初節句を　祝《ほ》ぎて撮りやりし　み子の写真　持ちて戦地に立ち行きしという

細田西郊（二俣）『静岡県アララギ月刊』（S21・11）

昭和二十年　五月七日の　夜をこめて　征く十三名に　弟も

た。故に戦死率も非常に高く、期によっては約八十％が戦死するという結果になっている。また昭和十九年に入ると特攻の搭乗員の中核としても、多くが命を落としている

九段の父に会う
『写真週報』（S14・8・16）

居り

細田西郊（二俣）『静岡県アララギ月刊』（S22・2）

性欲も　時に感ずと　歌詠《よ》みき　弟に勇ましき　便りなかりき

若林はる（掛川）『静岡県アララギ月刊』（S22・1）

たくましき　身体《からだ》となるを　喜びつつ　軍刀の袋　縫いてやりしが

三人の兵士の村葬　静岡平和資料館をつくる会提供・山梨龍平氏撮影

# 五 戦い・軍隊・外地の歌

静岡平和資料館をつくる会提供・山梨龍平氏撮影

この写真は、昭和12年、静岡市西門町で写したものである。日中戦争が始まり、静岡歩兵第34連隊田上部隊も中国戦線へ派遣された。日の丸や幟を手に見送る人々に、車窓から身を乗り出し小旗を振って答える兵士たちの姿が遠くなっていく。当時を知る人から、これらの軍用列車は沿線で見送る人々のために、静岡駅から安倍川まではゆっくり走行したと聞かされた。

多くの兵士たちは家族に、ほどなく帰ると伝えて出征したという。しかし、この先には上海での死闘、日中全面戦争への展開と、長い泥沼の戦いが待っていたのである。

相次ぐ恐慌により、国民の間に高まった不満や不安を解決するために、日本は満州の支配を目指して、戦争への道を歩き始めた。満州事変が起こって以来、急速に発言力を強めていた軍部は、一九三四（昭和九）年、溥儀を「満州国」皇帝に擁立した。しかし一九三七（昭和十二）年には国境合作による抗日民族統一戦線が成立し、日中は全面戦争へと突入する。一九三八（昭和十三）年、満蒙開拓青少年義勇軍の募集が始まる。

一九四一（昭和十六）年太平洋戦争が始まると、大東亜共栄圏の名のもとに、日本は南方へも進出していった。日本軍は日米開戦以前からフランス領インドシナ（現在のベトナム）に進駐していたが、開戦とともにすさまじい勢いで進撃を続けた。シンガポール、フィリピン、グアム、サイパンなどを次々に攻略し、開戦から半年後にはほぼ南太平洋全域に支配の手を広げたのである。

このようにして海を渡った日本軍の総出征兵士は三三〇万ともいわれる。また、従軍看護婦として三万一四五〇人の日赤の看護婦が前線に送られた。

軍隊生活回顧　足立可生　『第弐不二年刊歌集』（S10）

双眼鏡　出して見居れば　戦友の　敵小隊長も　われを見ており（演習）

六六高地の　一端を我等　占領したり　逃げ行く兵の　一人は転べる
飯盒炊事の　最中《もなか》と言うに　空腹もて　叱られるべく　我等並べる
装備には　劣ると言えど　鍛え上げし　我等が魂には　ゆめ及ばざらめ（対某軍戦術研究）
山口豊光（静岡）『不二』（S12・9）
将兵ら　瞬間に掠奪の　賊となるを　民性とのみ　言い去るべきか
山口豊光（静岡）『不二』（S12・10）
空襲の　警報鳴れば　メガホンの　警報班員ら　街駈け過ぐる
三枝理作（静岡）

飯盒炊飯
『週刊少国民』（S18・2・14）

『日華事変従軍実記　一枚の召集令状（あかがみ）』（S46）
静岡歩兵第三十四連隊に入隊　昭和十二年　揚行鎮附近戦闘

一丁の　円匙《シャベル》が頼み　銃よりは　今日も明日もと　壕堀りは続く

工兵が　肩に担いし　軽架橋《かりばし》を　拝みて渡る　暁《あけ》の突撃

大岡　博（三島）『菩提樹』（S13・1）

わが征《ゆ》きし　あとに子二人　残されて　哭《な》く夜つづけば　夢にかも見ん

山口幸緒（静岡）『不二』（S13・2）

たわやすく　生命《いのち》死なしめし　この兵の　まだ若くして　眠るがにあり

柿島君転戦近況　水口正志（三島）『菩提樹』（S13・2）

米の飯　食いたきばかりに　夜をつぎて　成定までは　進み

仮橋　『画報躍進之日本』（S13・1）

来しなり

生芋と　生大根と　かじりつつ　餓えはしのぎて　幾月か来
つる

戦いは　人を大胆に　するものか　敵を殺すが　愉快なりと
言わしむ

相川彦三郎（静岡）　『不二』（S13・9）

防毒マスク　つけて真日《まひ》照る　日曜の　街馳《は》せ行くは　補充
兵ならん（市街戦演習）

加藤勝三（北満）　『菩提樹』（S14・4）

わが写真　なぜて居りきと　母上が　臨終《いまわ》を告ぐる　文のき
びしさ

山西にて　田中光造　『菩提樹』（S14・4）

*ラマの鐘　遠く響きて　仏廟の　丘黄昏《たそが》るる　戦《いくさ》なき日は

「毒ガスの防ぎ方」の特集ページ
『写真週報』（S14・10・25）

**＊ラマ**　ラマ教（チベット仏教）

阿二《アニー》に会いて　大岡　正　『菩提樹』（S14・4）

阿二は九年前　父在生の頃　使いたる支那人ボーイなり。父、彼の好人物を愛す。われ去年三月上海呉淞路にて、ゆくりなくも人力車夫となりいる彼と会いたり。

ゆくりなく　阿二と会えり　戦いの　すでに移れる　街角にして

加藤勝三（北満派遣軍）　『菩提樹』（S14・7）

下士官の　部屋に置かれし　手鏡に　顔をうつせば　わが頬の紅き（*当番勤務）

*兵站《へいたん》基地　飯村太郎（三島）　『菩提樹』（S15・7）

縦化県　松里ヶ岡の　基地暑し　人馬の臭い　野にしみて居き

午前零時　敵山砲の　炸裂を　間近か聞きつつ　銃をまさぐ

人力車の車夫　『大連舊影』

***当番勤務**　将校の世話係を当番兵といい、一等兵か上等兵が努めた

***兵站基地**　後方の補給基地

る
新作戦　参加無電は　夜に入り　灯《ともしび》をともし　荷積みはつづく
大岡　博（三島）『菩提樹』（S15・7）

*青年学校　生徒かと見れば　一つ星の　兵なり列に　表情のなき

ハルピン行車窓詠　星谷　渉（三島）『菩提樹』（S16・5）

すさびたる　女の中に　うずくまる　女衒《ぜげん》の男　眠りたるらし
山名英郎（静岡）『アララギ』（S17・9）

手榴弾　投擲《とうてき》練習を　すると言われ　昼の河原に来て　石拾い居り（教育訓練）

**＊青年学校**　小学校終了後の勤労青少年を対象とした夜間の教育機関。一九三五年の青年学校令に基づいて全国市町村に設立された。普通科二年 本科五年（女子は三年）で、皇民教育が行われた。一九三七年の日中戦争開始以来、軍事教育が中心となる

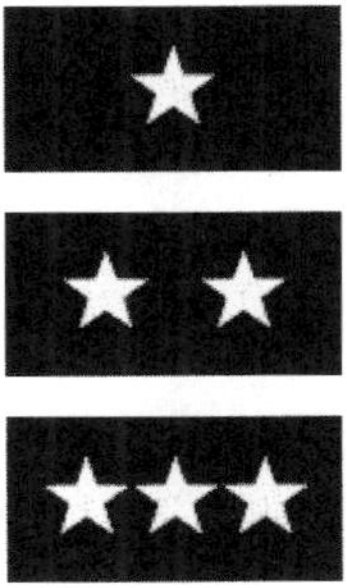
日本陸軍の階級章。上から二等兵、一等兵、上等兵

故国を去る日　渡邉良平（現地）　『菩提樹』（S17・12）

見る毎に　数の増しゆく　向つ峰の　*トーチカにらみ　柄《つか》にぎりしむ

焔《ひ》の如き　熱もて*ソ状　語るなる　国境守《も》りの　戦友《とも》は痩せにき

植松　喬（島田）　『菩提樹』（S18・3）

応山は　南京米の　冷や飯に　わが塩かけて　食いしところぞ

小田武雄　『アララギ』（S18・4）

入隊して　六日を経にし　兵君の　汚れし手出して　語る素直に

加藤勝三（北満）　『菩提樹』（S18・9）

**＊トーチカ**　コンクリート製の防衛陣地

**＊ソ状**　ソヴィエト連邦共和国（現ロシア）の状況

満蒙国境　『画報躍進之日本』（S14・11）

営庭の　隈《くま》に聞えくる　歌声は　*ポーランド哀歌なり　とぎれて聞《きこ》ゆ

軍旗祭陪観

国の鎮《しず》め　空高くして　澄みゆけば　軍旗まざまざと　戦歴写す

植松　喬（吉原）　『菩提樹』（S18・9）

露営して　はじめて知りぬ　藁衾《わらぶすま》　寝床の藁の　そのぬくとさを

燃えつづく　宿県城を　目指しつつ　ひたすら進む　弾ふる夜を

帰還抄　加藤勝三（三島）　『菩提樹』（S18・11）

み軍《いくさ》の　命《めい》のまにまに　現在《いま》ありて　まさしく疾《はや》き　秋雲を見ぬ

**＊ポーランド哀歌**　福島安正少佐が騎馬でシベリア横断した際、通過したポーランドの惨状を記した。それをもとに落合直文が「ポーランド懐古」を書き、小学校唱歌になった

炎々と燃え上る敵のかくれ家
『週刊少国民』（S18・2・14）

石川　信（浜松）

泰湾《たいわん》ゆく　わが船団の　就航を　空護《まも》りくれし　ああ加藤部隊　『アララギ』（S18・12）

*ジョホール水道　渡れば青き　草敷きて　偽装なしたる道路続けり

川村俊雄（静岡）

四十六部隊　営庭にて　汗は垂り　烈日のもとに　点呼を受くる　『アララギ』（S19・1）

櫻井三郎（静岡）

蒼く澄む　空うなりゆく　砲の　空中音を　とどまりて聞く　『アララギ』（S19・3）

川村俊雄（静岡）

街なかを　銃剣術の　道具つけし　兵らおもおもと　後ろより来《き》つ　『アララギ』（S19・3）

**＊ジョホール水道**　マレー半島南端とシンガポールとをわける幅一キロの海峡

**＊バシー海峡**　太平洋と南シナ海を結ぶ交通の要所。フィリピン防衛のために送られた日本軍の増援兵力は、この海峡で輸送船の過半数を撃沈された。

映画『加藤隼戦闘隊』の広告
『週刊少国民』（S19.2）

山口　泉（浜松）

『アララギ』（S19・7）

初年兵　吾はただ　夢中にて　何一つ満足に　出来るものなし

手を振り　帽子振り　勇み征《ゆ》く　ああ御世話になりし　前期兵殿よ

＊バシー海峡　中嶋秀次

『歌集バシー海峡』（1976・8）『独立歩兵第十三連隊誌』よりの転載

独立歩兵第十三連隊は昭和十二年に編成された。中国大陸各地を転戦の後、昭和十九年八月、フィリピンへ移動の途中、バシー海峡で輸送船団が魚雷攻撃にあい、連隊本部は海没した。その後マニラに上陸、部隊は再編されてレイテ戦に参加し、玉砕する。

八月十日、晴、〇五〇〇伊万里沖抜錨、商船二〇隻、護衛艦七隻、直衛

「私が乗船したころには、米軍の魚雷が高性能になるとともに日本側は老朽船のみになっており、平均十五秒で沈没した。轟音とともに水柱が立ち、水柱が消えたときには船も消えていたわけである。救出者はゼロ、三千人満載した船で、五人が奇跡的に助かった例もあったそうである。」『日本はなぜ敗れるのか』（山本七平　角川書店）

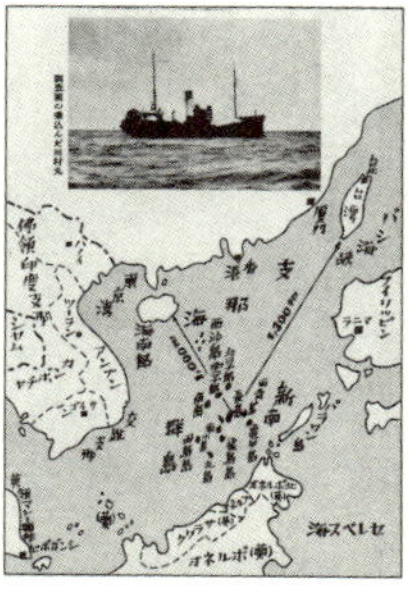

バシー海峡を含む新南群島の地図
『写真週報』（S14・10・4）

空母一隻の大船団、太平洋を圧して南下す。

朝凪ぎの　海にわかにも　湧き立てり　「全艦発進せよ、微速ようそろ」

八月十一日、晴、東支那海を航行、海上平穏、吉備津丸機関故障にて内地に向け反転、一一〇〇敵潜探知

むっとする　熱風よどむ　船室に　静坐してきく　対米戦法

八月十八日、晴のち曇り、〇五三〇永洋丸被雷、高雄に向け反転。一四〇〇ルソン島見ゆ、海燕旺《さか》んにとびて敵潜をもとむ

見えぬ敵の　足下に潜む　気配して　藍の静寂《しじま》を　ジグザグに航《ゆ》く

八月十八日、夜に入りて風雨つのる。二二三〇*直衛空母「大鷹」米潜の雷撃により沈没。退船準備発令、二三二〇帝亜丸被雷沈没、船団四散。

今は只　ひたに逃れむ　救け呼ぶ　戦友《とも》ら漂う　海峡なれど

八月十九日、風雨、四五〇玉津丸右舷中央部に魚雷炸裂。

竹筏に　すがりてあれば　*鱶《ふか》のすむ　海ひえびえと　腹にしみくる

北洋の母艦
『週刊少国民』（S17.6.7）

**＊直衛空母**　戦艦部隊や巡洋艦部隊の付近にあって、これらの対空・対潜警戒および対空防衛を任務とする

**＊鱶**　サメのこと

夜光虫　あやしく光る　海の上　どよめきわたる　「*駐蒙軍歌」

八月二十日、曇り時々雨、海波やや静まる

異様なる　水の温《ぬく》さよ　鱶すむは　斯かる海かと　誰か呟く

八月二十三日　晴　戦友ら次々に狂死す

湯をくれと　喚《わめ》ける戦友《とも》も　寝《いね》しやと　顔を覗くに　事切れて居き

八月二十四日、晴、戦友らみな逝きて、*鮮人軍属と二人きりになる。

師団司令部に勤務しありとかや

「救かったなら」　と云いさして　絶句しぬ　ああ何時《いつ》か見む　遠きふるさと

八月二十六日、晴、スコールあり

波洗う　筏にむすぶ　浅き夢　その夢にあわれ　母の来たまう

八月二十七日　晴　炎暑　島見えず

這いよりて　飲む潮水に　咽《むせ》びては　灼《や》けし筏に　顔伏せて

**＊駐蒙軍歌**　作詞　北白川宮永久王
「黎明興亜の新天地
皇みいくさの御旗の下に
瑞気みなぎる長城こえて
輝き進む駐蒙軍」

**＊鮮人軍属**　朝鮮では一九三八年から志願制度がとられ、一九四四年からは徴兵制が敷かれた。一九四五年八月までに二十四万二千人が軍人軍属となり、うち二万二千人が戦死または病死している

おり
八月三十日　晴　漂流十二日目。　朝より夕刻まで記憶なし
重き身を　やおら起こして　手を振りぬ　敵かは知らぬ　灰色の艦
八月三十一日　〇一〇〇、高雄陸軍病院第三病棟に収容さる
戦友《とも》らみな　バシーに沈み　ひとりわれ　異郷の夜半に　ヤモリ啼くきく

佐藤　基（賀茂）　『静岡県アララギ月刊』（S22・1）
ギプスの中の　虱《しらみ》に堪え　たえて過ごしし　北京郊外恋し

佐藤　基（松崎）　『静岡県アララギ月刊』（S23・12）
稀にみる　甍《いらか》の家は　豊かと思う　断髪の*姑娘《クーニャン》　*小孩《シャオハイ》を抱く
楡の並木に　憩う吾等に　*纏足《てんそく》の　老いし　来《きた》りて　柿酒をすすむ

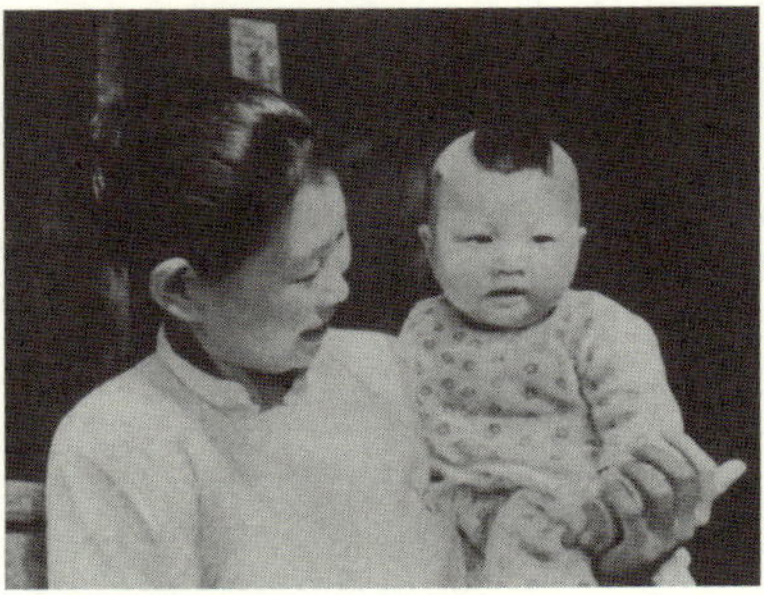
姑娘と小孩　『写真週報』（S13・9・21）

**＊姑娘**　少女
**＊小孩**　子ども
**＊纏足**　唐の末期から清までの中国の風習。女性の足を小さくす

池田武夫（榛原）『静岡県アララギ月刊』（S24・12）

敵弾は　友の喉より　背を抜きて　貨車の壁深く　漸くとまる

小林のぶゑ（賀茂）『静岡県アララギ月刊』（S25・4）

人相の　よきをえらびて　*黄包車に乗りき　支那の生活恋おし

鈴木十三郎（浜名）『静岡県アララギ月刊』（S25・6）

*カンの座に　麺を煮て　吾を招きける　陳国棟《チンコートン》君と　若きその妻

安池敏郎（静岡）『水甕』

*擬装網　つけて乗り込める　舟艇に　兵なれば物体の　ごとく置かるる

るため、幼児期から足に布を巻きつけた。上流社会では、小さい足でよちよち歩く様子が女らしいと好まれた

**＊黄包車**　人力車。上海では規則で黄色に塗られていた

**＊カンの座**　中国北方地方で行われていた床暖房

**＊擬装網**　敵に発見されないように身につけた網状の被い

不眠不休の　退却は遂に　六頭の　*挽馬斃《たお》るるを　見捨て
て過ぎきつ

唇赤き　ソ連軍女兵士の　尋問に　土に描き答うる　わが連
隊号を

上田治史（駿東）　『年刊歌集一九六一年』（S36）

迷信と　言えどひとつの　安らぎに　千人針と　言うものを
巻く

長島行雲（賀茂）　歌集『病み臥せど』（S44）

白骨と　なるも武装を　解かざりし　あまたの戦友《とも》よ　草も
芽ぶかじ

たとえなき　臭い蒸れつつ　船艙に　虫けらのごとく　兵の
蠢《うごめ》く

いよいよに　敵は迫りぬ　折り切れし　地図の朱線に　あつ
まる眼《まなこ》

**＊挽馬**　車両をひかせる馬。沢山の馬が日本から動員されたが、敗戦とともに逃がされるか食糧になって、帰ってきたものはない

数十キロの糧秣・弾薬を負って進む輜重兵荷馬
『写真週報』（S13・10・19）

血を吐きつつ　傷口おさえ　ひたに匍《は》う　眼には近かり　友軍の丘

高原　博（静岡）　歌集『染浄』（S52）

蝋燭の　灯の下に置く　妻の写真　その髪白くなるまで　戦わん

藤田三郎（清水）　歌集『冬の星座』（S56）

憶《おも》いいずる　なしとは言わね　撃ち止みて　灼けし砲身　乾びたる喉《のみど》

*測高機の　視野ゆ零れて　来る砂の　爆弾となり　地に爆《さ》くるまでの刻《とき》

地震《ない》なして　炸裂音は　迫りくれど　たまゆら伏せば　地は確かなり

植松伝作（沼津）　『我が第一大隊砲小隊記』（S57）より

担架に負傷兵を乗せて仮包帯所に運ぶ　『写真週報』（S14・2・12）

***測高機**　敵機の高度を測る。野戦高射砲用に使われた

豚の背に　二羽のカラスも　止りよる　春の信陽　城壁近く

黒煙を　空に流した　如く飛ぶ　信陽郊外　バッタの大群

被弾せば　即死ひそかに　願いつつ　尖兵中隊　配属となる

苗《ミャオ》族の　住みし秘境を　進みゆく　霧と樹木の　深き山岳

わが胸に　さげた遺骨に　何気なく　語りてみたり　貴州省境

洞庭湖　渡るジャンクに　戦傷兵　ひしめき合いて　朝を迎えり

わが胸に　ときには遺骨　二つ抱き　広西貴州と　進撃続く

旋回の　米機見上げつ　銃爆に　あえぎし隊よ　目ざすは柳州

大別山　山麓もなお　*抗日の　スローガンありて　われら悩ます

榛名　貢（湖西）　歌集『非言非黙』壱（S62）

亡国の　民にして米を　食うと嘆きし　*八路少年兵と　会

壁に書かれた抗日標語
『勿忘九・一八』

**＊抗日**　一九三五年（昭和十年）、中国共産党は「為抗日救国告全体同胞書（抗日救国の為に全同胞に告げる書）」を発表。全国の同胞、各政党、軍隊はそれぞれの間での闘争を放棄し、共同して日本に抵抗することを呼びかけた

話続かず
爆撃痕　ひとつをひとつの　犯罪と　記す　浸透越南《ベトナム》共産少
年兵の立場

佐野　博（磐田）　遺稿集『つわもの』（H1）

一九三九（昭和十四）年
わが兄の　困り居るらん　故郷《ふるさと》を　今思いつつ　肥料統制を
聴く

一九四一（昭和十六）年　これより中支
駐留の　度《たび》に兵らが　先ず作る　糖分うすき　汁粉饅頭
一等兵　吾にはあれど　先生《シーサン》と　呼びてなつける　苦力《クーリー》いく
たり
おちこちの　堤に掘りし　穴の中　逃げおくれけん　難民が
見ゆ
明け方の　寒さに敵前　渡河せしが　しばしの待機に　靴が
凍りき

「抗日へ…抗日へ…　蒋介石のポスターは絶叫している。天秤棒を担いで、蒋の此のがむしゃらな表情をみつめている支那人が、その肩の天秤棒をいつ投げ棄てて銃にすり替えることやら、彼等には深刻な生活があるのだ。」（大宅壮一・文『写真週報』S13・3・14）

抗日ポスターを見る中国人
『写真週報』（S13.3.14）

一九四二（昭和十七）年

甘藷を掘る　わが眼の前に　蔓を切り　かそけき音して　落ちし弾丸

空腹は　ついに堪え難し　自動車に　揺られ居たるが　気を失いぬ

追えど去らぬ　蝿がここだく　傷により　一日《ひとひ》なめ居れば　癒ゆるともなし

秋近み　薪集め居る　土民らが　営内の草を　欲しと言い来つ

一九四四（昭和十九）年

一枚の　皺新聞を　ねんごろに　伸ばして読みつ　野戦に病めば

藤田三郎（清水）　歌集『振り返るなよ』（H4）

母国語に　アリランを唄い　くれたりき　K二等兵　声をひそめて

**＊八路軍**　抗日戦を戦った中国共産党軍。後に人民解放軍の中核となる

渡河『画報躍進之日本』（S13・1）

**＊消耗**　消耗は死者数を意味した。五割の消耗は軍事的には全滅に

第四一〇二部隊　つくば隊　敗戦の日の　一兵たりき

中村　武

「この作戦は　八割の*消耗」　とう命下る　洞爺湖畔の　船艇の中

『東海万葉集』第三巻（H8）

補給隊長の　懇願ありて　四千人の　糧秣調達　せし日もありき

道下芳乃里（菊川）

『文庫きくがわ第3号　記念誌戦後50年』（H9）

天井と　寿司の画壁《え》に　タロ芋を　がつがつ食いぬ　セブの山中

平然と　末期の煙草　くゆらせる　*便衣隊汝《なれ》の　目隠し白し

大野英二（浜松）

『條懸　遺稿集』（H12）

相当するといわれる。玉砕に近い状況を想定した演習か

**セブ島遺骨収集**　**（静岡新聞）**

***便衣隊**　日中戦争のとき、平服を着て敵地に潜入し、宣伝・暗殺・破壊・襲撃などを行った中国人の特殊部隊

天津の　大洪水に　ボートにて　慰安婦らを寮に　運びたり
けり

上杉　有　　歌集『水の記憶』（H15）

南海の　雷撃ちかく　なる度に　われらを怒鳴る　技術中尉
は

寄宿舎に　草履の鼻緒　替えながら　*ミッドウェー海戦の
雷撃を聴く

平山正男（浜北）　『昭和の記録　歌集八月十五日』（H16）

入隊の　翌《あく》る朝より　恐るおそる　挽馬《ばんば》の蹄　洗いておりぬ

眼鏡外せ　両足ひらけ　天皇の　びんた受けよと　頬打たれ
たり

安池敏郎（静岡）　『昭和の記録　歌集八月十五日』（H16）

ソ連軍　撃墜に締むる　*犢鼻褌《たふさぎ》の　真新しき感触を　いま

挽馬と兵
『写真週報』（S13.10.19）

***ミッドウェー海戦**　昭和十七年、ミッドウェー沖で行われた海戦。日本海軍は主力航空母艦四隻とその全艦載機を喪失。これにより、日本が優勢であった空母戦力は逆転し、以後は米側が圧勝していく事となる。またこれ以後、大本営は嘘の戦果を発表するようになった

***犢鼻褌**　今のふんどしのようなもの

に記憶す
　榛名　貢（湖西）『昭和の記録　歌集八月十五日』（H16）

割腹女子の　小腸切除　縫合に　木綿糸太かりき　生き残りぬ
　知久安次（榛原）『昭和の記録　歌集八月十五日』（H16）

防空壕より　首出す瞬時　グラマンの　操縦兵の赤ら顔　斜めに消えつ
　中野貢太郎（田方）『昭和の記録　歌集八月十五日』（H16）

すれすれに　山より*エンジン　切りし機の　たわむる如く　畑のわれ撃つ

グラマン　『写真週報』（S19.4.26）

**＊エンジン切りし機**　戦闘機はエンジンを切っても暫くは滑空することができる。グラマンはエンジンを切り、音を消して近づくという方法をとることがあった

# 六　空襲・敗戦・引き揚げ・占領

桜井京子さん・提供

1944（昭和19）年、17歳の桜井京子さんは県立静岡高女を卒業し、中国の海州に渡った。姉の夫が特務機関（地方連絡部）の軍属として海州で仕事をしていた。姉に２人目の子が産まれるので、上の子の子守りのために出かけたが、珍しいものを見たいという気持ちもあった。

この写真は1945（昭和20）年のお正月。

中央、着物姿の桜井京子さんと姉の子の美津子ちゃん。右の女性は地方連絡部の上層部にいた老人のメイドの中国人・高さん。左の女の子は阿媽さん（お手伝さん）。

京子さんは４月から徐州の憲兵隊に勤めたが、８月に敗戦となり、憲兵隊の女子７人で貨物列車に乗せられ帰還の途についた。３か月ほど上海の収容所に入れられたあと、鹿児島行きの貨物船に乗った。鹿児島で乾パンと少々のお金をもらい、あちらこちらと乗り換えて、現在の静岡鉄道柚木駅に着いた。駅を降りたら涙が止まらなくなり、泣きながら歩いたという。ミソハギの花が咲いていた。

一九四五（昭和二十）年になると、米軍による都市無差別爆撃が始まった。静岡市でも六月二十日未明から空襲を受け、二千人を超す市民が亡くなった。八月になると広島と長崎に原爆が投下され、日本は無条件降伏を受け入れ、ポツダム宣言を受諾、八月十五日天皇自ら玉音放送で国民に太平洋戦争の終結を伝えた。満州事変から日中戦争、太平洋戦争へと続いた、長い戦争が終わった。

九月二日の降伏調印の後、日本は米国を中心とする連合軍の占領下に入った。ただちに連合国最高司令官総本部（GHQ）によって、軍国主義の排除、植民地の解放が進められた。国民には言論、思想、宗教の自由と基本的人権が保証された。一九四六（昭和二十一）年には日本国憲法が公布された。しかし、こうした民主化の一方で、敗戦直後の日本の経済は混乱し、国民は食糧不足とインフレに悩んだ。

敗戦のとき、海外には六百六十万人もの日本人がいたと言われている。特に中国からの復員や引き揚げ者が多く、満州からの引き揚げ者も含めると、二百七十二万人にものぼった。また、戦争末期にソ連軍によって抑留された人は、五十七万人以上に及んだ。シベリアの収容所に送り込まれ、重労働の末に命を落とした人たちは六万ともいわれる。日中戦争以降の日本人の戦死者は、厚生労働省によれば、おおよそ三百十万人となっている。

アジア・太平洋戦争における海外の死者は、中国が約一千万人、朝鮮約二十万人、台湾約三万人、フィリピン約百十一万人、ベトナム約二百万人、ビルマ（現ミャンマー）約十五万人、インドネシア約四百万人、マレーシア・シンガポール約十万人、インド約五十万人、オーストラリア約二万人と言われる。これが日本が引き起こした戦争による犠牲者なのである。

吉田一男（掛川）『菩提樹』（S21・1）

南支那も　冬は氷が　張るという　兄の便り途絶えて　一年を経《へ》ぬ

佃伊豆夫（宇佐美）『菩提樹』（S21・1）

哀《かな》しもよ　*千社参りの　札の中　吾が名もあまた　交じりてありぬ

*北京万寿山拾遺　西島和子（三島）『菩提樹』（S21・2-3）

一国の　国防費もて　築きしとう　万寿山見ん　今日を惜しみて

**＊千社参り**　千または千に近いほど多くの神社に参拝し、願い事を祈ることを「千社参り」という

**＊万寿山**　北京にある清朝の離宮・頤和園内の壮麗な建築物でうずまっている山。英仏連合軍の戦火に焼かれたのを、西太后が海軍拡張費の大半を使って修理した

山田執持（三島）『菩提樹』（S21・2-3）
荒海の　沖の彼方に　水漬《づ》きにし　屍《かばね》は真夜《まよ》を　呼び立つるなり

張間禧一（静岡）『アララギ』（S21・3）
復員の　歳若き甥《おい》は　学捨てて　大工見習うと　手紙短かし

田中正俊（熱海）『菩提樹』（S21・4）
キャバレーに　ダンスを終えて　帰るらし　*進駐兵に　散りかかる花

古橋裕一（吉原）『菩提樹』（S21・4）
作業中止の　報に接して　戻り来れば　収容所《キャンプ》湧きいる　帰環命令に

**＊進駐兵**　ポツダム宣言の執行のために、日本において占領政策を実施した連合国軍の機関。その多くはアメリカ合衆国軍人とアメリカの民間人で構成されていた

焼津村の小路　占領軍ジープに群がる子どもたち（S21）
静岡平和資料館をつくる会資料・米国立公文書館蔵・工藤洋三氏提供

鈴木ぎん（静岡）　『アララギ』（S21・5）

焼け原に　蕎麦の実まきて　生《いき》の身の　命を繋ぐ　時に会いたり

かえりきて　松井正一（三島）　『菩提樹』（S21・5-6）

先ず何は　なくとも食えと　米の飯　出さるるに我　手出しがたくいる

命もちて　帰るまではと　野の草を　食いつなぎいたり　十日を前は

上陸前後　渡邊良平（三島）　『菩提樹』（S21・5-6）

*屑パンを　拾いては食ぶる　男いて　名古屋の港　かなしかりけり

小島清子（金谷）　『菩提樹』（S21・5-6）

日の丸の　小旗打ち振り　母と子が　*復員列車に　万歳叫

静岡市浅間神社で記念撮影。中央は静岡のCIC（民間情報部）トップだったヴァンデル氏。右は日系二世の通訳
静岡平和資料館をつくる会提供・山梨龍平氏撮影

**＊屑パン**　敗戦直後は、どんぐり粉やトウモロコシ粉で作ったパンがあった

**＊復員列車**　運賃無料で故郷へ帰る復員兵たちを載せた

びいる

石川文之（静岡）　『静岡県アララギ月刊』（S21・6）
たまゆらに　兄は魚雷で　飛ぶと言う　帰れる人ゆ　無理に聞きたり

加山節郎（静岡）　『静岡県アララギ月刊』（S21・6）
闇市に　高き卵を　買いにけり　初子《ういご》を生みて　臥す妻のため

青山於菟（静岡）　『静岡県アララギ月刊』（S21・7）
*神の座を　すべらせ人と　なりましし　我等が天皇を　かしこみ拝む
*玉体《ぎょくたい》に　触れんばかりに　万歳を　唱《とな》うすなわち　夢にしあらなく

静岡市の札の辻付近の闇市　静岡平和資料館をつくる会提供・山梨龍平氏撮影

**＊神の座**　昭和二十一年、昭和天皇は神格を否定し、人間であることを宣言。それより全国各地を視察して回った。静岡県来訪は六月

**＊玉体**　天子または貴人のからだ。

張間禧一（静岡）

焼け残りし　県庁に宿りしませり　梅雨《つゆ》降る夜を　眠り給はむ

『静岡県アララギ月刊』（S21・7）

渡邊和子（三島）

おんみずから　現御神《あらひとがみ》に　あらずとし　詔《みことのり》　賜《た》びたり　我は　も泣かゆ

『菩提樹』（S21・7-8）

佐藤す江子（浜名）

ビルマより　夫《つま》の部隊は　還らずや　夕べラジオの　前に佇《たたず》む

『静岡県アララギ月刊』（S21・7）

北澤櫟子（熱海）

*マニラ戦　始まらん時に　征《い》きつきて　即ち戦い　戦死せる吾が子

『静岡県アララギ月刊』（S21・7）

この場合は昭和天皇のこと

**駐留軍のCIC（民間情報部）が警察署の望楼から市街を見下ろす　静岡平和資料館をつくる会資料・米国立公文書館蔵・工藤洋三氏提供**

***マニラ戦**　最大の市街戦が行われ、日本軍は壊滅、また十万人のフィリピン人が死んだと言われる

萩野雅子（三島）『菩提樹』（S21・7−8）

後ろより　我を追い越しし　異国女　煙草の煙を　吐き捨て
ゆけり

板乗りに　湖《うみ》を廻りて　終日を　進駐兵は　こと飽かぬらし

兄かえり来て　松山文子（岩松）『菩提樹』（S21・7−8）

現身《うつしみ》の　まこと我子《あこ》かと　老母《おいはは》は　眼《まなこ》見張りて　近づきまさ
ぬ

渡邊和子（三島）『菩提樹』（S21・7−8）

朝鮮の　春ぞ恋おしも　還り来て　故郷に連翹《レンギョウ》　咲かぬ淋し
さ

千葉清作（清水）『静岡県アララギ月刊』（S21・8）

焼け残りし　板塀剥《は》ぎて　作りたる　柩《ひつぎ》に幼き　屍《なきがら》納む

静岡市・駿府会館での追悼式（S40・8・15）（静岡新聞）

池谷銀月（沼津）　『静岡県アララギ月刊』（S21・8）

焼死者の　置場とされし　公園に　許可得て弟の　骸《むくろ》をさがす

甲賀清子（静岡）　『静岡県アララギ月刊』（S21・8）

気分悪く　胸苦しさを　こらえつつ　*比島残留者名簿　読みゆく

沖本敬子（静岡）　『静岡県アララギ月刊』（S21・9）

埃くさき　背嚢《はいのう》解《と》けば　破れたる　一人用の蚊帳《かや》が　出《い》で来ぬ

市川　潔（三島）　『菩提樹』（S21・9–10）

疲れては　マラリヤが出るから　よせと言う　ベースボールの　楽しきものを

**＊比島**　フィリピン諸島。日本軍は、フィリピン諸島において、残された陸海空の総力を挙げて、最後の決戦を挑むが、レイテ島に無謀な逆上陸を繰り返し、戦力を消耗させていった。レイテ戦での日本兵帰還率は三％、フィリピン戦役全体では二十二％

フィリピンの慰霊団帰国（静岡新聞）

大石福平（金谷）
シベリヤと　只それのみが　消息と　なりて六月の　兄偲ぶなり
『菩提樹』（S21・9-10）

青山於菟（静岡）
焼け跡の　池に溜りし　雨水に　背黒鶺鴒《セグロセキレイ》の　餌をあさりおり
『静岡県アララギ月刊』（S21・11）

前山周信（静岡）
西貢《サイクン》より　持ち来し砂糖　残《のこ》れるを　すくいつつガラスの中に移しぬ
『静岡県アララギ月刊』（S21・11）

松下可壽恵（榛原）
今日今日と　無事の帰還を　待つ家へ　訪れ行くか　これの*公報
『菩提樹』（S21・11-12）

静岡市の三菱工場が爆撃された瞬間
静岡平和資料館をつくる会資料・望月雅二さん提供

**＊公報**　戦死公報。役所の職員が遺家族に届けた

松島綾子（掛塚）『静岡県アララギ月刊』（S22・1）

眼鏡《めがね》失い　顔くろずみて　弟は　シャム《タイ》より還れり　切なく思う

飯塚徹三（志太）『静岡県アララギ月刊』（S22・1）

毀《こわ》されし　*奉安殿《ほうあんでん》の　右側に　アララギの木の　植えられありぬ

細田西郊（二俣）『静岡県アララギ月刊』（S22・2）

ピラミッド型に　白く積まれし　遺骨群　わが弟も　還り来にけり

大監澄男（静岡）『静岡県アララギ月刊』（S22・2）

*サイパン島より　生還せる兵の　貯金通帳　*現在高七拾六円五拾一銭

**＊奉安殿**　御真影（天皇の写真）・教育勅語などを収めるため、学校の敷地内に作られた施設。教師も生徒も、登下校時には必ず立ち止まって最敬礼することになっていた。戦後GHQの指令により、県は撤去または原型変更を指示

**＊サイパン島**　大正八年より日本統治領だった。一九四四年六月米軍が上陸開始、激戦で日本兵四万人が全滅、米軍の死傷者一万五千人、住民も一万人が死亡した。その後米軍のB二九爆撃機の出撃基地になった

**＊現在高**　一九四七（昭和二十二）年、米十キロが約百円だった

富田英雄（浜松）　『静岡県アララギ月刊』（S22・3）

太虎山の　駅の窪地に　葬らんと　中国警備員に　通訳すわれは

渡邉多恵（吉原）　『静岡県アララギ月刊』（S22・3）

大連の　兄の消息　ありしかば　時に若々しき　母の声聞く

モンペあり　白衣あり　軍服あり　さまざまの出で立ちして＊飯あげに集《つど》う

勝田健二（賀茂）　『静岡県アララギ月刊』（S22・3）

遼陽の　駅のホームも　大き文字も　ロシア煉瓦も　今し見て去る

加山　俊（浜松）　『静岡県アララギ月刊』（S22・3）

一粒の　梅干を六人に　分けて喰う　復員船にて　君死にぬ

**＊飯あげ**　軍隊用語で、炊事場に食事を取りに行く炊事当番のことだった

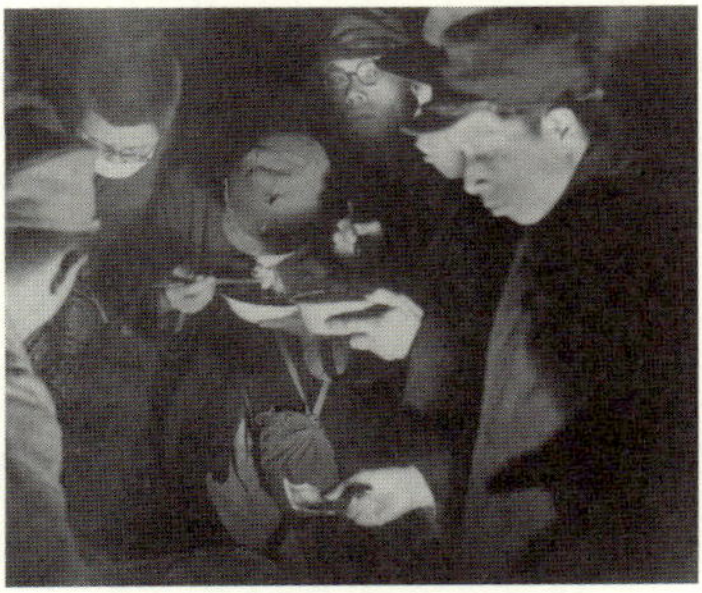

（静岡新聞）

**＊共産の教育**　捕虜収容所では共産主義の教育が定期的に施され、

村田文一　『菩提樹』(S22・3)

シベリヤより　還り来し友　*共産の　教育受けぬと　笑《え》み
つつ語る

鈴木誠一　『菩提樹』(S22・4-5)

山中に　籠りし兵の　五百名　残して復員　終れりと言う

笑いつつ　帳簿をめくる　係員　身を切る思いの　我が前に
して

南溟に兄を失いし人に代わりて　水城　孝(富士)　『菩提樹』(S22・8)

*蔭膳も　設けずなりし　食卓の　広く寂しく　朝夕坐る

復員一年　松井正一(三島)　『菩提樹』(S22・8)

蛇とかげ　食い居しことも　忘れたる　顔して今の　世をあ
げつらう

兵卒や下士官が熱心な共産主義者になることも多かった。多くは帰国後政治から身を引いていったが、占領軍によるレッドパージは、帰国事業が本格化して彼らの存在を危惧したことが遠因ともいう

**＊蔭膳**　家を長く離れている人の無事を祈って、家族が毎日供える食事

**遺骨が二十一年ぶりに母親の懐へ(S41・7)(静岡新聞)**

別所和子

抜き取りの　品数えつつ　ため息の　ひそかに洩るる　引き揚げ者われは

『菩提樹』（S22・8）

山崎滿子（浜名）

引き揚げ者の　多き授産所に　終戦の　前に帰りし　吾も入所す

『静岡県アララギ月刊』（S23・1）

赤堀猪吉（小笠）

班長と　吾等が呼べば　中国兵　若き軍曹は　煙草惜しまずくれぬ

『静岡県アララギ月刊』（S23・6）

小出いち（磐田）

復員の　甥の声音《こわね》が　戦死せし　夫《つま》の声音と　似たるこの夜

『静岡県アララギ月刊』（S23・6）

静岡県小笠郡掛川町未亡人家庭内職補導所（静岡新聞）

猪原雄二（森）　『静岡県アララギ月刊』（S23・7）

*P・W収容所《キャンプ》　入り口より　炊事場まで　米一俵を　かつぎゆけぬ我

佐藤　基（松崎）　『静岡県アララギ月刊』（S23・1）

M一二九　佐藤と書きて　胸に付け　今日より捕虜と　吾がなりにけり

海兵隊員の　食事する列車と　吾が貨車と　天津駅に　並びて止る

上田治史（駿東郡）　『年刊歌集一九六一年』（S36）

積み上げて　暗号書類　燃やしつつ　国亡びたる　感じの暑さ

階級章　襟《えり》より外し　投げ捨つる　東支那海　高波の上

鈴木桂子　『年刊歌集一九六五年』（S40）

**＊P・Wキャンプ**　米軍の捕虜収容所。P・WはPrisoner of War

豪州における日本兵捕虜の生活（S20）（静岡新聞）

医薬品　ことごとく捨てて　佇《た》つ鉄路　照明弾消えし　後のしずもり
訃《たお》れたる　人の子背負い　歩む鉄路　避難民五百の　後に従う

谷ゆき子（静岡）　『もちの木の陰』（H2）

靴下に　詰めし岩塩を　宝のごと　持ちて敗戦の　夫《つま》還り来ぬ

藤岡武雄（沼津）　『昭和の記録　歌集八月十五日』（H16）

天皇の　放送知らず　その時間　友らの死骸を　焼きて居たりき
学徒動員の　報酬として　敗戦後　*二百円と毛布　貰いて帰る

花井千穂（三島）　『昭和の記録　歌集八月十五日』（H16）

中国在留邦人の引き揚げ（S21・4）（静岡新聞）

**＊二百円**　ビール一本の値段は、昭和二十年に二円、昭和二十二年に百円だった

**＊小麦粉**　昭和二十一年七月、米軍の救援物資小麦八千トンが静岡に到着した

「進駐軍の　ご好意により　配給」の　僅かな*小麦粉に
生命をつなぐ

深澤福二　『清見潟』第十五号（H18）

*シベリヤ行

兵たりし　この手の指に　引きがねを　引かず終わりき　一《ひと》
生《よ》の救い

いずくにか　引かれ終わらん　このいのち　曠草原《あらくさはら》の　霜す
でに降る

ラーゲルの日々

ひとつぶの　飯にあらがい　憎しみて　かつ寄る辺にて　夜
をならび臥す

ラーゲルで短歌会が行われた。手帳の切れ端や板きれに投稿歌を募集。
深澤が選者となった。その中、記憶の一首

伝い落ちて　つららとなれる　野菜汁　くだきて飲みし　兵
ありと聞く（大隊長　小川三雄）

**＊シベリア抑留**　第二次世界大戦末期、ソビエト連邦軍は満州に侵攻、日本人捕虜（民間人、当時日本国籍者であった朝鮮人などを含む）を、シベリアやモンゴルなどに抑留し、強制労働に使役した。五十七万人以上が抑留された。過酷な環境と強制労働が原因で、約六万人の死亡者を出した

応召当時の深澤福二さん・二十七歳　『清見潟』第十五号

たまきわる　いのちの糧《かて》と　蒲公英《たんぽぽ》の　ひとひらの葉の　苦きむさぼる

なきがらを　葬らんとして　掘りがてぬ　十字鍬はねて　散るのみの凍土《つち》

＊バム鉄道　敷設に果てし　友ら五千　沿線に今年も金蓮花《ナスタチューム》咲け

スタニチヤの　村に二年《ふたとせ》　別れゆく　夕発《た》つ貨車の　車輪のひびき

高栄丸で清水港に引き揚げ（S23・4・29）（静岡新聞）

**＊バーム鉄道**　バイカル～アムール間の鉄道。日本軍捕虜が建設に従事させられた

# 七　はてしなき戦後の日々が続く

写真館山梨龍平さんご家族・バラックの中の家族団欒
（静岡平和資料館をつくる会提供・山梨敏夫氏撮影）

この写真は山梨写真館の山梨龍平さんの長男・敏夫さんが、空襲で焼け出され、戦後田舎から木材を調達して建てたバラックのなかで暮らすご家族を撮ったものである。向かって左は妹さん。真ん中の舌を出して照れているいがぐり頭の男の子は弟さん。向かって右、手で顔をかくして恥ずかしがっているのは下の妹さん。フィルムが貴重品だった時代。家業が写真館だったからこそ存在する写真だといえるだろう。

大きなお櫃、三角の添え木を当てて補強したちゃぶ台、障子に貼り付けた新聞紙、ぽつんと下がる裸電球。当時としてはかなり立派なものだった。襖にカレンダーが張ってあるが、「布半」と読めるのは、歌人・長倉智恵雄さんのお店のものだろうか。敗戦直後の暮らしを物語る、貴重で、しかも、楽しい一枚である。

一九四五（昭和二十）年九月二日、日本の正式降伏の調印式が、戦艦ミズーリ艦上で行われた。焼け跡から出発した日本人は、「一億総懺悔」をかかげ、少しずつ戦争責任についても問う空気が醸された。敗戦国日本には、一九四六（昭和二十一）年に、侵略戦争を計画し指導したA級戦犯を裁く東京裁判が開かれた。また、捕虜虐待や一般市民の殺害、暴行などの罪で、BC級戦犯が裁かれた。

十五年の長きに渡った戦争により、都市は焦土と化していた。食糧不足と物資不足は戦中よりも深刻なほどで、闇が横行し、人々は食べるために必死の努力を続けた。復員兵もふくめ、失業者は一千万人にものぼっていた。

貧しいながらも、連合国最高司令官総本部（GHQ）の指導による自由と平和を享受した時代は、それほど長くは続かなかった。連合国軍による占領政策がはじまって間もなく、自由主義陣営と社会主義陣営の間に冷戦がはじまった。ソ連との対立が深まるとともにアメリカの占領政策は大きく変わり、日本はアメリカの前線基地の役目を担うようになる。

一九五〇（昭和二十五）年の朝鮮戦争を機に、日本は軍需物資の生産で奇蹟的な経済復興を果たし、同時に警察予備隊（のち自衛隊）を持つようになる。以後現在まで、日米安保条約の下、国内的には長い平和が続き、その中で人々は戦争の記憶を歌い続けてきた。

満員列車　植松　喬（島田）　『菩提樹』（S21・1）

わが頭　越えゆきし娘　厠《かわや》まで　胴上げされつつ　運ばるる見ゆ

北川　傳（金谷）　『菩提樹』（S21・1）

戦いの　たけなわなりし　日に詠みし　歌は寂しも　偽り多し

還りたり　兄も還りたり　*真白なる　小箱交えて　今宵夕餉す

西島ます江（熱海）　『菩提樹』（S21・1）

銃撃に　沈みし船の　マスト見ゆ　秋を静けき　ここの入り海

鈴木さえ子（榛原）　『菩提樹』（S21・1）

敵機頻《しき》り　真上過ぎしは　夢のごと　入江和《なご》みて　美しき岬

**敗戦後の交通地獄（静岡新聞）**

***真白なる小箱**　遺骨を収めた箱（必ずしも遺骨が入っていたわけではない）

後藤千代子（富士宮）
軍属の　花とし散りし　亡き姉の　心残らん　幼子の上に
『菩提樹』（S21・1）

中村彌生（沼津）
かるた会　今宵を晴れと　着かざりし　幾年《いくとせ》ぶりの　乙女子《おとめご》の春
『菩提樹』（S21・1）

売り食い　植松　喬（島田）
子が為に　残し置かんと　手離さず　持ち来しライカ　売らねばならぬか
『菩提樹』（S21・2-3）

売りぬべき　品携えて　初春《はつはる》を　人に賑う　デパートに来つ

日用品交換会
入学期　近き子のため　小供靴　欲しとは思え　小麦粉の無き

闇市風景（静岡新聞）

満員列車　（静岡新聞）

立会演説をきく　　高橋桃代（三島）『菩提樹』（S21・4）

たわやすく　*三合配給　口にすれど　具体的対策に　触る
る人なき

戦いに　係わりあれば　焼けと言う　わが歌草《うたくさ》も　千人針も

市川　潔（三島）『菩提樹』（S21・4）

我が妻の　心づくしの　一臼の　この*碾《ひき》餅を　菱形に切る

中川光恵（三島）『菩提樹』（S21・4）

この酒を　闇値に売らば　幾計《いくばく》と　語る人らを　蔑《さげす》み思う

雑炊に　喜々とし箸を　取る子等に　あと一膳を　我控えけ
り

貧しくも　ありなしの紙幣《さつ》　かき集め　今日*交換を　組長
に託す

小島國夫　『菩提樹』（S21・5-6）

**＊三合配給**　当時の配給は主食が大人一人あたり一日二合ほどだった。当時大人の必要量は一日三合だったので、三合配給は悲願と言われた

**＊碾き餅**　石臼で挽いた粉を使った餅

**＊紙幣…交換**　終戦後、政府はインフレを抑えるために、預金封鎖と新円切替を行った。あらゆる預金を封鎖、流通している旧円を一定金額に限り新円に切り替え、それ以外は全て金融機関に強制的に預金させた。そして一定金額（世帯主：一ヶ月三百円、家族一人に一ヶ月百円）だけしか新円による引き出しを認めない、とした

米の遅配　四日に入りて　日の暮れを　並びて二把の　ウドンを貰う
人情を　冷たく見する　*江洲に　明日は米買いに　行かんと思う
田中正俊（熱海）『菩提樹』（S21・5‐6）
天皇制　論ずるもよし　しか思え　吾が同胞《はらから》の　明日を飢うるを
田中郁郎（網代）『菩提樹』（S21・5‐6）
宮城へ　ひしめき集う　*食糧デモを　ニュースに見れば　可責わきいず
木村妙子（清水）『静岡県アララギ月刊』（S21・6）
雨晴れて　また風立ちぬ　焼原に　砂埃あびて　バラック建ちゆく

***江州**　近江の国（滋賀県）の別名
***食料デモ**　昭和二十一年には全国の食糧事情は急激に悪化し、各地に遅配、欠配が続出した。五月、飯米獲得人民大会が皇居前広場で繰り広げられ、二十五万人が参加。「米よこせ」と叫んだ

食糧デモ（静岡市）　（静岡新聞）

千葉清作（清水）『静岡県アララギ月刊』（S21・6）

一棟の　蔵焼け残り　青麦は　錆し金庫を　つつみてそよげり

和久田興作（浜名）『静岡県アララギ月刊』（S21・7）

この麦と　甘藷《かんしょ》を待てば　とにかくに　生きて行けると　父は語りぬ

植松　喬（島田）『菩提樹』（S21・7－8）

粉にひける　*とうもろこしに　ふすま混ぜ　団子とするに　なかなかうまし

加藤勝三（三島）『菩提樹』（S21・7－8）

あきれつつ　いるよいるよと　思わずも　一人ごちつつ　蚤《のみ》とる真夜《まよ》を

焼け残った倉
静岡平和資料館をつくる会資料
米国立公文書館蔵　工藤洋三氏提供

**＊とうもろこし**　アメリカからの食糧援助の中身は、小麦、小麦粉、トウモロコシ、脱脂粉乳などだった。ふすまとは、小麦をひいて粉にした時に残る皮の屑。本来は家畜のエサだった

島村直樹（志太）　『菩提樹』（S21・7－8）

国敗れ　食に飢ゆとも　この胡瓜　繁に稔りて　こころ足らいぬ

渡邊和子（三島）　『菩提樹』（S21・7－8）

*代用食の　パンの大きさを　真剣に　言い給う父よ　老いましにけり

森山　岑（三島）　『菩提樹』（S21・7－8）

買い蒐《あつ》めし　書物を売りて　一袋の　*代用マッチを　夕べあがなう

伊東玉江（富士岡）　『菩提樹』（S21・7－8）

頬そめて　愛国心を　説きにける　かの師の君の　声を忘れず

イモの収穫（S23・8・23）（静岡新聞）

**＊代用食のパン**　米不足のため、パンや芋などが代用食として用いられた。パンには林檎の皮や海草なども混ぜられた

**＊代用マッチ**　栞くらいの薄い木片の一端に硫黄を塗り付けた付け木が、マッチの代用品として使われた

河村暁星（周智）　『静岡県アララギ月刊』（S21・8）

この部落《むら》の　供出麦を　出し終えて　心やすけし　朝茶をすする

小野力藏　『菩提樹』（S21・9−10）

*五百円の　枠外せよと　かにかくに　金持てる人の　かくを言うなり

加藤勝三（三島）　『菩提樹』（S21・9−10）

八月十九日ゆくりなく兄の遺骨増上寺にあるを聞く、即ち出頭して

幾年《いくとせ》を　積み重なりていし遺骨　今日をいだきぬ　日盛りの街に

廣瀬房子（三島）　『菩提樹』（S21・9−10）

抜き糸を　つなぎつなぎて　かにかくに　縫い上げし袷《あわせ》　我

**＊五百円枠**　新円切り替えの時、預金の引き出し限度額が五百円と定められた時期があった

新円準備（S21・2・23）（静岡新聞）

がたたみけり

掘畑貴繪（掛川）「静岡県アララギ月刊」（S21・10）

配給の　とうもろこしを　ひき終えぬ　あと幾日かを　また安からん

望月房子（静岡）『静岡県アララギ月刊』（S21・10）

今宵より　横に*小さき　膳並び　兄も弟も　戻り来にけり

谷　新吉（賀茂）『静岡県アララギ月刊』（S21・11）

帯ほどき　鼻緒をつくり　金に替え　わずかを求め　幾日食いつぐ

増田光夫（榛原）『静岡県アララギ月刊』（S21・11）

七升の　米に満たざる　この金が　吾が一月の　労働力の価値か

サイパンから遺骨が23年ぶりに遺族のもとへ
（S42.10.23）（静岡新聞）

***小さき膳**　身近な死者のために供える食事

米の配給止みて一月を経ぬ　小野力藏
『菩提樹』（S21・11–12）

買う銭の　無くば止むなし　今宵もよ　膳に親族《うから》の　芋に箸とる

膳の上の　皿に盛られし　柿四つ　艶よきは子に　一つずつ食ぶ

教組闘争　植松　喬（島田）
『菩提樹』（S21・11–12）

米一升　五十円という　この秋に　六百円要求が　不当というか

星谷　渉（駿東郡）
『菩提樹』（S21・11–12）

自らの　作りし米も　食い難き　世をこそ嘆け　*供出す我は

闇売りて　懐肥えし　百姓等　農民組合と　いうを作れり

日本教職員組合（教組）大会（S21・6）（静岡新聞）

**＊供出**　供出は戦後も続いたが、化学肥料や農薬の不足で生産があがらなかったことや、復員者・海外引揚者などの増加でますます食糧が不足した。そのうえ戦時の強制力がなくなり供出の成績がふるわなくなってきたので、配給量は昭和二十年には一日二合ほどとなった。このような僅かな配給では食べていくことができなかったので、闇物

節電の為水道のとまりて　青木寅松

たまさかに　水くみに行く　黄瀬川の　夕暮れ寒し　水の音にたち

『菩提樹』（S22・1）

勝田健二（賀茂）

*『寒雲』*『白桃』　なべて中国人に　売りたりき　そのときの思い　忘れがたしも

『静岡県アララギ月刊』（S22・2）

石川　信

かく集り　心は通う　夕暮に　語るは戦場の　楽しかりし事

『静岡県アララギ月刊』（S22・3）

柴田静子

許されて　今日は掲げし　*日の丸よ　美しと見て　われは立つかも

『静岡県アララギ月刊』（S22・3）

資が横行した。

昭和二十一年には占領軍をバックに「食糧緊急措置令」が発せられ、「ジープ供出」などと言われた。供出を完了しない農家には、家宅捜査を行なっての強制取立てもされた。割り当てが能力を越えることも多く、みな自家保有米を割いて応じた。

供出を完納すると、褒賞としてリヤカーのタイヤ、地下足袋、

焦土の校庭で紀元節を祝う（S21・2・11）（静岡新聞）

中島重介（磐田）　『静岡県アララギ月刊』（S22・3）

汝が死にし　*ホロ島は地図に　小さければ　ツマンタンガス山　捜すに術《すべ》なし

猪原みつ（清水）　『静岡県アララギ月刊』（S22・3）

父の服　つづめて汝《なれ》の　着る見れば　復員待ち侘びし　月日思おゆ

佐藤美智子（磐田）　『静岡県アララギ月刊』（S22・3）

勲七等の　墓標の文字も　雨風に　うすくなり居り　父の*奥津城《おくつき》

杉山市太郎（清水）　『静岡県アララギ月刊』（S22・3）

東條が　東條のやつがと　言う人の　一人子《ひとりご》はビルマに　戦死す

綿反物、衣料、マッチ、煙草等が配布されたという

***『寒雲』**　斉藤茂吉の第十二歌集。昭和十五年刊行

***『白桃』**　第十歌集。昭和十七年刊行

***日の丸**　昭和二十年連合軍総司令部（GHQ）は日章旗の掲揚を原則禁止した。祝日に限定した掲揚許可を経て、昭和二十四年より自由掲揚が認められた

***ホロ島**　フィリピンにある島。米軍上陸後、日本軍はツマンタンガス山に追い込まれ、飢えと病に襲われた。生き残ったのは一割という

***奥津城**　墓所

*ジュラルミン電車　植松　喬（島田）

復興の　力に成りて　さやけくも　匂う電車に　今日わが乗りぬ
『菩提樹』（S22・3）

車内寸景　小島國夫（三島）

わが前に　娘すわりいて　つつましく　包み開くに　芋ころげ落つ
『菩提樹』（S22・3）

駅にて*買い出し　一斉検挙ありて　岩崎正治

騒乱《そうらん》の　ひそまる歩廊を　一群の人　引き立て引き立てゆく　武装警官
『菩提樹』（S22・3）

泣きくどく　女まじりて　縦列の　物憂くゆきぬ　夕のちまた路

***ジュラルミン電車**　ジュラルミン合金製モハ六三形・サハ七八形電車。昭和二十一年度に新製された代表的な車両。敗戦後不要となった戦闘機用材料のジュラルミンの民需転換として開発された

買い出し検挙（静岡新聞）

***買い出し**　敗戦後の食糧事情は、天候不順による不作、輸入食料の途絶、引揚者による人口

市川　潔

闇ブローカーに　職を替えたる　先生を　あわれと憎む　今の世の相　『菩提樹』（S22・3）

吉岡三郎

スト準備の　米味噌持ちて　急ぐ道　一輪の梅の　咲きいたりけり　『菩提樹』（S22・3）

一枚が　四十銭とう紙　裂きいつつ　要求額妥当と　ひた思いおり

小野徳司

闇せねば　税を払えぬ　理《ことわり》を　繰り返しつつ　芋売りくるる　『菩提樹』（S22・4-5）

星谷　渉（駿東）

仔牛一頭　一万円は　高からず　米二俵と言うに　売る米のなき　『菩提樹』（S22・6）

増などで、戦中より悪化した。配給では不足する食糧を求めて、人々は都市から農村へ出かけ、衣類などと引き替えにイモなどを入手した。食糧統制は戦後も続いていたので、これは〝ヤミ〟となり、取り締まりの対象になった

一日スト決定の総連合本部（S21）（静岡新聞）

小池登美雄（沼津）

銀行に　鳩の入り来て　舞う見れば　*鳩兵をせし　記憶蘇りくる

『静岡県アララギ月刊』（S22・8）

佐藤　基（松崎）

ソ連の　若き女医を　恋うる君と　向いて炉の火に　ミルクを沸かす

『静岡県アララギ月刊』（S22・8）

石川　信（浜松）

勲章を　並べ銭乞う　*傷兵を　巷《ちまた》に見れば　心乱れつ

『静岡県アララギ月刊』（S22・9）

小川健二（庵原）

水田君と　話して居れば　いつの間にか　野戦の話となる　支那語もまじりて

『静岡県アララギ月刊』（S23・2）

佐藤美智子（袋井）

『静岡県アララギ月刊』（S23・5）

**＊鳩兵**　広い荒野に展開する日中戦争では鳩通信が活用され、数万羽を所有していたといわれる

軍鳩班　『画報躍進之日本』（S14.3）

**＊傷兵**　戦後、外地から引き揚げてきた旧軍人は大量失業者となった。障害を負った兵で生活に

石油箱　二つ重ねて　戸棚となす　上にアルミの　鍋置きてみる
　　加山　俊（浜松）　『静岡県アララギ月刊』（S23・12）

背広売りて　*『万葉集私注』　買わんかな　まだ兵隊服　一着があり
　　若林はま（清水）　『静岡県アララギ月刊』（S24・2）

吾が町の　未復員者　三十四名の　名簿の中に　姉の名のあり
　　杉山孝子（静岡）　『静岡県アララギ月刊』（S25・3）

第八軍　*マックマナス氏視察に　見えるゆえ　吾が廊下は　繕《つく》ろわれたり
　　泉　義徳（田方）　『静岡県アララギ月刊』（S25・7）

困窮した者の中には、白衣と戦闘帽で盛り場に立ち、通行人に喜捨を求めたりした

**＊万葉集私注**　土屋文明の著作。文明は昭和二十年戦災に遭い、以後六年間の疎開生活を送る。『万葉集私注』はこの間に執筆され、昭和二十四年に刊行が始まり、昭和二十八年に芸術院賞を受賞した。またこの年、宮中歌会始の選者となった。
　また同時期に、『アララギ』の復興、アララギ地方誌の育成などにも精力的に活動した

**＊マックマナス**　連合軍指令の実施状況を監視・指導する地方軍政部の教育担当官。民主化政策を急進的に進め、「マックマナス旋風」と呼ばれたという

抑留生活の　待遇の良さを　主張する　君の傷だらけな　大き掌《てのひら》
八木松二（志太）『静岡県アララギ月刊』（S25・11）

敗れたる　国の鉄路を　轟かせ　*砲積む車輌　限りなく行く
山下裕基（田方）『静岡県アララギ月刊』（S26・1）

武装せし　米兵乗せて　通過する　車内の灯りが　吾を照しぬ
山名恵子（浜名）『静岡県アララギ月刊』（S26・3）

街に逢う　*予備隊みれば　君のこと　しきりに恋おし　遙かなる君が
今林康夫（日本軽金属蒲原工場）

大嶽佐久元陸軍少佐の遺骨がサイパンから二十三年ぶりに妻の元に戻った（静岡新聞）

**＊砲積む車輌**　六月に朝鮮戦争が勃発。日本は米軍の後方軍事、補給基地となり、基地からの出撃や、各港からの朝鮮向け軍需物資、兵員輸送が活発となった

**＊予備隊**　警察予備隊のこと。昭和二十五年マッカーサーの指示により設置される。昭和二十九年自衛隊に移行

「立ち入るもの　射殺さるべし」　ああ此処も　昔裸足で　駈け廻った丘

『静岡平和詩集』第一集（S26・11）石田豊次（国鉄沼津機関区）

次ぎ次ぎと　続く戦車群の　間を縫って　黒人兵が　馳せめぐるなり

『静岡平和詩集』第一集（S26・11）峠二三夫（富士製紙）

*朝鮮に　いでゆく米軍　輸送車の　窓に並びし　憂いなき顔

民族の　征服されたる　姿とも　町にゆき交う　売笑婦多き

『静岡平和詩集』第一集（S26・11）伊和井幸二（国鉄・浜松）

平和投票を　理想にすぎずと　退けし　この人の子も　戦いに死にき

**＊朝鮮戦争**　朝鮮戦争により、国鉄は国内輸送の総力をあげた協力を強いられ、全国各地に駐留する米軍部隊を出航地まで、また朝鮮半島からの傷病兵を占領軍病院へ移送した。弾薬・燃料をはじめとした軍需物資の輸送もあり、戦争発生六日目の七月一日からわずか二週間で、列車二百四十五本、客車七千三百二十四両、貨車五千二百八両というすさまじい動員をおこなっている。

富士山麓の演習場にあった米軍部隊やそれに随伴する貨物は、御殿場から梅田、奈良へ急拠搬送された。また、韓国軍の軍事訓練が富士山麓で行われたため、列車は横浜港駅等と御殿場、富士吉田といった各駅との間を往

『静岡平和詩集』第一集（S26・11）

朝鮮の　山林を焼き　人を殺す　こやつ　構内燈に照らされて　一箇列車　全部。

由井美子（日本軽金属蒲原工場）　『噴煙』第二集

忘れいし　記憶ひらめき　声をのむ　ニュース映画の　*ジュータン爆撃

高野一哉（日本軽金属蒲原工場）　『噴煙』第二集

*朝鮮ブームを　誇らしげに語る　人の前で　勤め終えし身を　吊革にもたる

芹沢初子　『年刊歌集一九六五年』（S40）

戦争を　知らざる者ら　育ちきて　声張り上げて　軍歌いさまし

復した

**＊ジュータン爆撃**　アメリカやイギリスが、ドイツ・日本の都市に用いた無差別戦略爆撃。床に敷かれた絨毯のように、投下爆弾が一面を覆うのでこう呼ばれた

**＊朝鮮ブーム**　朝鮮戦争下、日本はアメリカ軍を中心とした国連軍の基地となり、物資調達・兵器修理などの特需に沸いた。これによって敗戦後の不況を脱したといわれる

**＊遺骨収集事業**　第二次世界大戦における戦没者の遺体を捜索し、収容して日本へ送還する事業。海外で戦死した旧日本軍軍人・軍属・民間人約二百四十万人のうち、日本に送還された遺体は約半数の約百二十五万柱だ

原　久吉（昭和51年度遺骨収集派遣団員）

『静岡連隊（歩兵第230連隊）のガ島戦』より

戦友《とも》いずこと　探し求むる　南《みんなみ》の　緑の墓標に　われ慟哭す

大木の　太りし根のもと　細き根に　＊戦友《とも》の遺骨が　抱かれており

長田をりえ（御殿場）

『英霊とともに生きて　静岡県遺族会創立四〇周年記念誌』（S62）

還らざる　夫《つま》を偲びて　妻たちは　湯宿に唄う「靖国の妻」

荻田志ま（裾野）

『英霊とともに生きて　静岡県遺族会創立四〇周年記念誌』（S62）

南《みんなみ》の　海に沈みし　夫《つま》の部隊　水中カメラの　とらえし遺骨

けとなっている。

**トラック諸島に眠る連合艦隊の水中写真**　**石塚勝久氏提供**

**＊教育勅語**　明治天皇の名で出された勅語。教育の源を皇祖皇宗の遺訓に求める。戦時中、学徒

夏目きみ子（島田）
『英霊とともに生きて　静岡県遺族会創立四〇周年記念誌』（S62）

児を背負い　「ぎゅうづめ列車」に　ゆられ行く　面会の日
の　辛さ嬉しさ

栗田ふくよ（島田）
『英霊とともに生きて　静岡県遺族会創立四〇周年記念誌』（S62）

追悼式に　明日《あした》行く身を　慎みて　生ま臭き物　一日食《は》まず
会場に　買いたる双眼鏡にて覗く　遠く霞める　陛下の御顔
覚束無《おぼつかな》く　絨毯ふみて　式壇に　上ります陛下　お齢召した
り
追悼式に　入るべき我らに　警官が　厳しく確かむ　遺族記
章を

藤田三郎（清水）　歌集『振り返るなよ』（H4）

脱走せば　斬らんと刀《とう》を　かざしたる　中隊長も　戦死せし

には暗唱が義務づけられた。

「朕惟《ちんおも》フニ、我カ皇祖皇宗《こうそこうそう》國ヲ肇《はじ》ムルコト宏遠《こうえん》ニ徳《とく》ヲ樹《た》ツルコト深厚《しんこう》ナリ
我カ臣民、克《よ》ク忠ニ克ク孝ニ、億兆心を一《いち》ニシテ世々《よよ》厥《そ》ノ美ヲ濟《な》セルハ此《こ》レ我カ國體《こくたい》ノ精華《せいか》ニシテ教育ノ淵源《えんげん》亦《また》實《じつ》ニ此《ここ》ニ存ス
爾《なんじ》臣民、父母ニ孝ニ兄弟ニ友ニ夫婦相和シ、朋友相信シ、恭《きょう》儉己《けんおの》レヲ持シ、博愛衆ニ及ホシ、學ヲ修メ業ヲ習ヒ以テ智能ヲ啓《けい》發《はっ》シ、徳器《とっき》ヲ成就シ、進テ公益ヲ廣《ひろ》メ、世務ヲ開キ、常ニ國憲ヲ重シ、國法ニ遵《したが》ヒ、一旦緩急アレハ義勇公ニ奉シ以テ天壤《てんじょう》無窮《むきゅう》ノ皇運ヲ扶翼《ふよく》スヘシ。是《かく》ノ如キハ、獨《ひと》リ朕カ忠良ノ臣民タルノミナラス又以テ爾祖先ノ遺風ヲ顯彰《けんしょう》スルニ足ラン

とぞ

いまになお　*教育勅語は　諳《そら》んずと　はかなきことを　わが妻のいう

中村　武　『東海万葉集』第三巻（H８）

ひたすらに　唯ひたすらに　忘れんと　戦傷《きず》ある指は　人前に出さず

兵籍なき　経済交易担当者　恩給も無きが　ひそかな誇り

飯塚正巳　『昭和の記録　歌集八月十五日』（H16）

弾丸《たま》は無いか　弾丸は無いかと　叫びつつ　射ち合い最中《もなか》夢醒めにけり

中野貢太郎（田方）　『昭和の記録　歌集八月十五日』（H16）

還りきし　夜々桑畑に　喨々《りょうりょう》と　*消灯のラッパ　吹く父なりき

斯《こ》ノ道ハ、實ニ我カ皇祖皇宗ノ遺訓ニシテ子孫臣民ノ倶《とも》ニ遵守スヘキ所、之ヲ古今ニ通シテ謬《あやま》ラス之ヲ中外ニ施シテ悖《もと》ラス。朕爾臣民ト倶ニ拳々服膺《けんけんふくよう》シテ咸《みな》其徳ヲ一ニセンコトヲ庶幾《こひねが》フ。」

明治二十三年十月三十日

御名　御璽

引き揚げに使われた興安丸が舞鶴入港（S31.12.26）（静岡新聞）

動員学徒のうた　温井松代（伊豆長岡）

握りめし　一個をひと日の　食《じき》として　少女われらに　課せられし労
『昭和の記録　歌集八月十五日』（H16）

敗戦に　物資掠めて　いちはやく　逃げし将校の　その後は知らず

福地久子（静岡）

赤錆びし　*帰還の戦車　富士を背に　ひそまりて在り　秋陽浴びつつ（サイパンより帰還の戦車）
歌集『鈴の音』（H2）

栩木淑子

*戦犯碑に　詣でつつなお　許し難し　召集兵なりし　夫《つま》の死おもいて（三ヶ根山）
歌集『戦痕消えず』（H4）

**＊消灯ラッパ**　軍隊では生活時間を規律し広く号令をかけるのにラッパが用いられていた。突撃のラッパ、起床のラッパなど号令の種類によって異なるメロディーが吹かれた

**＊帰還の戦車**　富士宮の陸軍少年戦車兵学校の跡地には、戦死した教官・生徒 六百有余の御霊を御祭神とする若獅子神社があり、そこに飾られている。サイパンには多くの少戦校出身者が派遣され、殆どの人が生還していないという

**＊戦犯碑**　三ヶ根山は愛知県内にあり、A級戦犯七人を祭る。戦犯碑は他にも各地にある

# 八　子どもたちの戦争

静岡平和資料館をつくる会提供・谷津倉吉子さん蔵

この写真は静岡市小坂の安養寺に疎開してきた、東京・旗台国民学校の児童たちである。当時、寺の近くに住み、子どもたちの世話をした谷津倉吉子さんは戦後もその子どもたちと交流が続き、その中の一人からこの写真をもらい、大切に保管していたという。

1944（昭和19）年になると政府は大都市の学童に疎開を奨励した。その意図は、決戦下、防空の足手まといになる子供たちを隔離させると共に、将来の兵力を空襲から守ることにあった。国は「戦争に勝つために、子供を保護するために、疎開させよ」と強制した。静岡県には東京都荏原・渋谷・大森・蒲田区から２万8000人の子供たちがやってきた。収容先は旅館・会社の寮・寺院・別荘・集会場を借り上げて宿舎とした。国民学校は地元の子供が午前、疎開してきた児童は午後と振り分けて使用した。

1945（昭和20）年６月には、東京都下の集団疎開児童たちは青森・秋田・富山・岩手・埼玉に再疎開していった。静岡市はその後すぐに米軍機の空襲に遭い、焼け野原になった。

一九三〇年代になると学校教育にも次第に軍国主義の影響が強まり、「修身」と呼ばれた道徳の授業では天皇を絶対視する教育が行われ、天皇の写真である御真影と忠君愛国を基本とする教育勅語が教え込まれた。こうして子供はお国のため、天皇のために戦うように育てられていった。
一九四一（昭和十六）年太平洋戦争が始まると、尋常小学校は国民小学校に名前を変え、より一層軍国教育が厳しさを増した。戦局が悪化の一途をたどると、学徒勤労動員体制が敷かれ、十二、三歳の少国民までが戦時労働力の戦力として、軍需生産の現場で厳しい労働に従事させられた。
学徒の総動員数は三百四十三万人。また一九四四年からは学童集団疎開が発表され、都市部の国民学校三年生以上が学校ぐるみで地方へ移動させられた。

中塚荒二（静岡）　『不二』（S12・12）

兵を送ると　連れ行きてより　子の遊び　何するにつけ　言うは「万歳!!」

大岡　博（三島）　『菩提樹』（S15・6）

＊**電撃**　電撃戦のこと。強力な陣地防御を突破する戦闘として、一九三九年にドイツ陸軍がポーランド侵攻する際に用いられ、成功した

*電撃と　いう造語など　口にする　小学生ら　*桑皮《そうひ》むくなり

中川　力（三島）　『菩提樹』（S15・6）

山あいの　分教場の　狭庭辺《さにわべ》ゆ　*拝賀式なる　歌声洩《も》るる

穴山雅雄（引佐郡中川村国民学校六年）　『静岡新聞』（S18・6・13）

アッツ島　ニュースを聞けば　胸騒ぐ　やがて僕等が　仇《あだ》をうつなり

杉山正雄（土狩）　『菩提樹』（S16・3）

廃品を　集め来たりし　子ども等は　大手をふりて　非常時をいう

大岡　博（三島）　『菩提樹』（S16・10）

横山隆一のイラスト　学校でこれを手本に絵を描いたという証言もある『週刊少国民』（S18・3・7）

***桑皮**　藤蔓、桑皮、竹などを採集するため小中学生や婦人会員などが全国的に動員され、これらの雑繊維によって作業衣や学生服などが作られた

***拝賀式**　祝日などに御真影（天皇の写真）を礼拝した

微塵に　砕けし石を　男《お》の子らが　馳けよりて拾う　砲車過ぎしとき

於野　泉（静岡）　『アララギ』（S17・9）

わが教うる　五十六名の　児童より　特別攻撃隊の如き勇士一人だに出でよ

藤原ただゑ（静岡）　『アララギ』（S17・10）

*満州へ　行くとう　男《お》の子　隊を組み　日なかの町を　歌うたい行く

眞野喜美子（富士宮）　『菩提樹』（S18・1）

かりそめの　遊びなれども　支那兵に　なるを嫌がる　子らのいとしさ

佐野むつ子（富士根）　『菩提樹』（S18・3）

戦中の安西国民学校男子組の授業風景　静岡平和資料館をつくる会提供・山梨龍平氏撮影

**＊満州へ行くとう男の子**　満蒙開拓青少年義勇軍のこと。成人の徴兵と軍需徴用のために移民団

降りしきる　雨の中にて　信号旗《はた》をふる　*少年戦車兵の
真剣な顔
紙谷庭太郎（浜松）『アララギ』（S18・3）

戦死せる　教え子悼む　文《ふみ》練りて　時刻《とき》も覚えず　夜を更か
しけり
藤間嘉代子（熱海）『菩提樹』（S18・7）

海軍に　兄もつ童《わらわ》　一人いて　誇らかに言う　海の戦果を
山梨朝江（興津）『菩提樹』（S18・7）

戦いに　疲れたるらし　母の膝に　小さき兵士の　寝息立て
たり
鹽川泰子（三島）『菩提樹』（S18・10）

兵として　空に死なんと　志す　覚悟は固し　十五の男《お》子

が組織できなくなり、十五歳から十七歳の少年で組織した満蒙開拓青少年義勇軍が移民の中軸となっていった。約三十二万人

満蒙開拓青少年義勇軍
静岡平和資料館をつくる会提供・
山梨龍平氏撮影

於野　泉（静岡）　『アララギ』（S19・7）

米英撃滅の　心燃えつつ　児童等が　拾いあつめし　*茶の実二十三俵

藤田三郎（清水）　歌集『振り返るなよ』（H4）

*体格は「丙」の少年　悲しくて　軍人に憧るることもなかりき

*アカと謂《い》われ　追われ去りゆく　先生を　少年の眼《まなこ》に　焼きつけぬ

廻れ右をして　*遙拝というをしき　伊勢も東京も　遠かりしかな

河部　学（静岡）　『年刊歌集一九六五年』（S40）

風にのり　消灯ラッパ聞こえくる　夜《よ》も父のこと　聞かず眠りぬ

（内少年義勇軍十万人）の満州移民のうち、日本に帰国しえたのは十一万余人に過ぎなかった

**＊少年戦車兵**　陸軍少年戦車兵学校。昭和十七年に富士宮市に移転、十四歳から十九歳の少年が二年間かけて育成された

**＊茶の実**　戦中や戦争直後の物資の乏しい時期には茶の実から油をしぼった

**＊体格は丙**　徴兵検査によって身体能力別に甲・乙・丙・丁・戊の5種類に分けられた。甲が最も健康に優れ体格が標準である甲種合格とされ、ついで乙種合格、丙種合格の順

**＊アカ**　共産主義の略称・俗称。やがて自由主義その他、国家の政策に批判的な考え方や人物すべてを指すようになった

一ノ瀬生（静岡）　静岡新聞（S20・10・30）

買出しの　親の帰りを　待つらんか　駅に蹲《うずく》む　子供らの群

加藤勝三（三島）　『菩提樹』（S21・1）

漸《ようや》くに　舌の廻れる　幼な子が　生き居れば言わんを　グモーニング

西島ます江（熱海）　『菩提樹』（S21・2－3）

家なくて　駅に夜露を　避くるという　少年我に　財布届けくれぬ

古橋信一（吉原）　『菩提樹』（S21・5－6）

諸粥《いもがゆ》に　馴れきし子等は　祭り夜の　真白き飯《めし》を　怪しむらしも

**＊遙拝**　神道用語で遠い所から拝むこと。天皇の居住する皇居や伊勢神宮の方角に向かって礼拝することが、昭和十四年から義務づけられた。学校では毎日の朝礼時に行われた

**＊戦災孤児**　厚生省が昭和二十三年に行なった全国孤児調査（沖縄を除く）では戦災孤児約二万八千人、引き揚げ孤児約一万一千人、一般孤児約八万一千人

**浮浪児**　**（静岡新聞）**

焼け錆し　小戦車群に　入日さし　開墾者の子等　ここに遊べり

金子三郎（浜名）　『静岡県アララギ月刊』（S21・7）

昼のパン　開けしわが辺《へ》に　浮浪児の　呉《く》れよと言いて　動くともせぬ

この箱を　追われし浮浪児　いち速く　ホーム駈りて　次にとび乗る

高橋桃代　『菩提樹』（S21・9－10）

*給食の　礼に贈ると　クレヨン画　ひたすらに描く　子は帰り来て

余しきし　給食の肉　食べよとて　子は分けており　その妹に

植松　喬（島田）　『菩提樹』（S22・4－5）

給食　（静岡新聞）

***給食の礼**　連合軍総司令部（GHQ）の勧告により、ララ委員会やユニセフ（国際連合児童基金）から救援物資が送られ、昭和二十二年から全国都市三百万

渡邊良平

十四・五才の　小童三人《こわらわみたり》　誇らしく　物の闇値を　語り継ぎいし

『菩提樹』（S22・4-5）

土橋松代

寒き日の　北京郊外　収容所　細りし手をのべ　吾子《あこ》は死にたり

『年刊歌集一九六五年』（S40）

伴野二巳子（清水）

『英霊とともに生きて　静岡県遺族会創立四〇周年記念誌』（S62）

面会の　折り末の息子《こ》が　軍服の　父にはにかみ　近寄らざりき

凱旋の　あかつきゆっくり　抱くと言い　笑《え》みて別れし　夫《つま》の顔顕《た》つ

人の児童に学校給食が実施された。ララは、日系人浅野七之助が中心となって設立した「日本難民救済会」を母体としている

ララ物資を配るララ日本委員（静岡新聞）

# 九　戦争を歌った歌人たち

本社主催

鬼畜米國の暴虐ぶりに
全聽衆悲憤の血涙
大盛況・交換船歸國者報告會

大東亞の礎

小川奈雅夫さんたちの帰国報告会を報じる静岡新聞記事
（昭和18年12月2日）

本社主催、市、大政翼賛会県支部後援の鬼畜米国の内情を語る「敵愾心昂揚抑留県人帰朝報告会」は12月１日18時から市公会堂で開かれた。暴虐アメリカの内情を聞かんと聴衆は続々と開場時間前より押し寄せさしも広い公会堂は立錐の余地もないまでに埋め尽くされた。開会に先立ち我が無敵海軍の戦果発表があり観衆の拍手は堂内一杯に響く国民儀礼がありそれより浜田本社員が司会者となり、静岡市出身大畑誠一氏（ハワイ）岡部町出身池田文淵氏（米国）静岡市出身鈴木久吉氏（カナダ）富士町出身小川長男氏（ペルー）を囲んで座談会に移り四氏が抑留生活から覗いた米国の惨虐非人道ぶりをあば発けば聴衆も拳を握って仇敵米撃滅の決意を固く誓う。池田文淵氏が「我らはここに大詔を奉載してから２周年目の12月８日を迎える。我ら県民が今こそ一致団結して米英撃滅に邁進せねばならない」と叫び聴衆に多大の感銘を与え米英撃滅の固い決意のうちに座談会を終わり、続いてニュース映画、詩吟、独唱があり盛会裏に21時半幕を閉じた。

# (1) 日米捕虜交換船に乗って ―小川奈雅夫―

敵国外人収容所（米国テキサス州のシーゴビール収容所）
『大アンデスと霊峰富士・小川奈雅夫遺稿集』より

1909（明治42）年、静岡県富士郡に生まれた小川奈雅夫さんは、1927（昭和２）年師範学校に在学中から短歌結社「アララギ」会員になり、斎藤茂吉の選を受けた。卒業後尋常小学校の訓導として奉職。

1934（昭和９）年、外務省から派遣され、ペルー国リマ市の*日本人小学校に赴任。1941（昭和16）年、ペルー第２の都市トルヒーヨでリベルター州日本人小学校校長をしていたとき太平洋戦争が勃発。ペルーの対日国交断絶により国外追放され、1942（昭和17）年、日・独・伊の約600人とともに、米国船ショーニー号に乗せられカイヤオ港を出航した。米本土ミシシッピー川を遡り、ニューオルリンズ港に到着。男子組と女子組に分けられ、男子組はテキサス州ケネディ収容所に、女子子供組はテキサス州シーゴビール収容所に送られた。このとき、小川家の長男４歳、次男１歳、長女11か月。

1943（昭和18）年、日米捕虜交換船で帰国。再び教壇に立つことを勧められたが、米国の実情を知っているだけに、「嘘は教えられない」と固辞した。戦後は藤倉電線に務めて定年退職し、岩本湯沢平に暮らした。

カナダ
アメリカ合衆国
ニューヨーク
テキサス州
ニューオリンズ
大西洋
メキシコ
キューバ
ユカタン
半島
カリブ海
トルヒーヨ
リマ
ペルー
アンデス山脈
南アメリカ
ヴァルパライソ
チリ

『大アンデスと霊峰富士』小川奈雅夫遺稿集（H11）

一九三四（昭和九）年、在外指定リマ市日本人小学校訓導となる

外国へ　わが渡る日は　近づきぬ　目にしみじみと　春の山山

智利旅行　一九三四（昭和十二）年

南十字星《サウザンクロス》に　舳《へさき》を向けて　往く船に　七夜は寝《いね》て　ヴァルパライソ近し

アンデスの山

今はただ　言わんことなし　戦争の　早期終了を　異国にて待たん

ラルコ氏の　保護を断り　同僚と　運命を共にせんと　我は言いたり

『静岡県アララギ月刊』（S21・6）

何もかも　棄ててペルーを　去らんとす　祖国の運命に　ただ任すのみ

カイオヤ港に着いた楽洋丸
『大アンデスと霊峰富士』

敵船ショーニーの　甲板に在りて　心ゆらぐ　この時出でし
　大き海の虹
顔見知りの　独伊人も二三人　囚われいて　甲板に遊ぶ　吾《あ》子《こ》をあやすも
運河警備兵　あまた乗り来て　もののし　卑屈なるさまは
　わが見せざらん

『静岡県アララギ月刊』（S21・7）

この深夜　コロンの工場は　動きおり　敵の銃後に　今直面す
既に大西洋に　在るわれらと　思いつつ　朝《あした》のパンに　バター塗りいる
運河警備兵　既に下船し　心安《うら》し　子の手を引きて　甲板歩む

『静岡県アララギ月刊』（S21・8）

小川奈雅夫さんが収容されたテキサス州ケネディ収容所
（関安太郎画　昭和17年）
『大アンデスと霊峰富士』

カリブ海を　ジグザグ航行する　イギリスの　輸送船団は
眼前に在り

船尾に　高射砲見ゆ　船員も見ゆ　英輸送船団と　しばし並
進す

船側の　DIPLOMATの　大き字や　燈火管制もせず
船は夜の海を速し

ニューオルリヤンス　上陸の発表　今ありて　しばし甲板に
　ざわめき起る

『静岡県アララギ月刊』（S21・9）

ユカタン海峡を　過ぎいる船の　甲板に　吾子《あこ》はドイツ人の
　子供と遊ぶ

船は今　キューバ島西端を　廻りおり　白き灯台見ゆ　甘蔗
畑見ゆ

『静岡県アララギ月刊』（S21・11）

旧在外指定*リマ日本人学校正門
『大アンデスと霊峰富士』

**＊リマ日本人学校**　リマ日本人学校は大正九年に創設。その他にも多くの日本語学校が創設されていた。当時の日本人は永くペルーに残る気持ちはなく、子弟の教育も日本語で受けさせたが

*国際法を　吾は信ぜん　眼のあたり　炎上する船や　平安なる船や

白皿に　アスパラガスの　盛られしを　前にして描く　燃えつづく船を

仮住みの　臥所《ふしど》を照らす　月清し　シーゴビールの　妻子をぞ思う（昭和十七年）

汗あえて　歩き廻るを　日課とし　収容所生活に　耐えゆかんとす

夜《よ》の静寂《しじま》　あまりに深し　番人も　耐えかねて口笛　吹くにやあらん（昭和十七年）

『大アンデスと霊峰富士』小川奈雅夫遺稿集（H11）

戦える　祖国にかえり　教え子らの　征《ゆ》きいて逢えぬも　又こころよし（昭和十九年）

紐育《ニューヨーク》の　街に貼られし　対日戦の　宣伝ビラは　心を打ちぬ（昭和十九年）

ったためである。

　第二次世界大戦が始まると、ペルーはブラジルに先駆けて日本へ宣戦布告。政令により日本語学校は接収されるか、自主的に門戸を閉じていった。

　戦後各地において再度日本語教育機関は創設され、政府の認定校（公教育機関）として現在に至っている

**＊戦時国際法**　戦争状態において軍事組織が遵守するべき義務を明文化した国際法。敵を撃滅するために必要な戦闘行動などの軍事的措置を正当化し、適切な軍事活動には不必要な措置を禁止する。宣戦布告のされてない状態での軍事衝突であっても、あらゆる軍事組織に対し適用される

古賀大将　殉職を告ぐる　一瞬の　息呑みし間よ　天地《あめつち》暗し（昭和十九年）

軍閥を　憎悪する世と　なりたれど　空征《ゆ》きし若き　神々あわれ（昭和二十年）

武に傲《おご》り　文化無《な》みせる　国の状《さま》　この現実に　眼つむる勿《なか》れ（昭和二十一年）

アメリカの　豊かなる暮らし　わが知れば　あわれ日本に食物足らぬ（昭和二十一年）

アメリカ人を　ぶち殺せとタイトルせし　「*主婦之友」よ今になりて無様な　事を言いそね（昭和二十一年）

戦争を　永久に抛棄すとう　憲法を　世界に先し　施くはよきかな（昭和二十一年）

軍閥の　日本とのみは　思わざる　外人もありと　われは信ぜむ（『アララギ』昭和二十一年七月号）

真実を　言わざりし悔い　吾にあり　言わしめざりし　怒り又吾にあり（昭和二十一年）

＊**『主婦之友』**　高橋隆治著『「一億特攻」を煽った雑誌たち』によれば、当時『主婦之友』は、『婦人倶楽部』と二誌で女性誌市場の過半を占めていた。『婦人倶楽部』に比べると読者年齢は比較的高く、三十代後半から四十代、わが子が兵士であるか、やがて兵士になるような世代の女性が中心だった。その『主婦之友』昭和十九年十二月号は、

ガ島にて　死せる登《のぼる》の　この墓や　富士に対《むか》いて　かくは静けし（昭和二十一年）

米兵と　語りいる口紅　濃き乙女　たどたどしき発音にてわざと笑うも（昭和二十一年）

われ病みて　小床にあれば　アメリカゆ　菓子の小包　今日とどきたり（昭和二十二年）

十年前　ヒットラーは狂人なりと　断言せし　マルチン君にもう一度逢いたし（昭和二十二年）

今は戦争中ですから　仕方ありませんと　君はいくたびか収容所にて吾に言いにき（昭和二十三年）

ユニセフの　歌つくり賞金を　貰いしは　戦後まもなき　貧しかりし日（平成万葉集入選歌）

交換船にて　還りし吾に　収容所の　歌を見せよと　告《の》りし君はも

（『*斎藤茂吉生誕百年記念歌集』第四集　一九七八（昭和五十三）年）

テキサスの　収容所跡にて　思い出づ　「記憶の茂吉歌集」

五十二頁のうち二十一頁の上段すべてに、「アメリカ人をぶち殺せ！」「アメリカ兵をぶち殺せ！」などのスローガンを掲げていたという

『主婦の友』（昭和二十年七月号）
静岡平和資料館を作る会提供

＊**斎藤茂吉**　近代を代表する歌人のひとりであり、後世の文芸に大きな影響を与えた。旧制一高から東大に進み精神科医になった。長崎医専教授としてドイツ

# ここで作りき

（『斎藤茂吉生誕百年記念歌集』第一六集　一九九〇（平成二）年）


に留学、のち、青山脳病院の院長。

短歌は伊藤左千夫に師事して、やがて歌誌『アララギ』を編集。歌集『赤光』が歌壇内外から注目され、短歌誌『アララギ』も歌壇の中心的な存在となる。太平洋戦争中は積極的に戦争協力していたため、戦後批判された。

『アララギ』は、近代結社の中では理論武装がかなりきちんとされた結社で、写生、実相観入、リアリズムをそのテーゼとする。『アララギ』の会員であった小川奈雅夫さんがテキサスの収容所で「記憶の茂吉歌集」を作るほどに、斉藤茂吉は、当時短歌を学ぶ人間にとって憧れの師であった

## （2）幻の満州帝国 ―天野寛―

大連の満鉄本社　『大連舊影』

1909（明治42）年会津生まれの天野寛さんは1937（昭和12）年「アララギ」に入会し、斎藤茂吉次いで土屋文明に師事。『柞の森』『川流集』二冊の歌集をもつ歌人である。

1935（昭和10）年、東京帝国大学支那哲学科を卒業するとすぐに満鉄に職を得て、志を抱き満州国に渡った。日華事変勃発４カ月後に大連の出先機関で満州国建国のための特務に従事。所属長・甘粕正彦の厳格な指揮下に入った。その後新京の中央部に転じたが、ここで苛烈な戦時生活、満州国の崩壊、終戦後の無政府状態と大混乱を経験。

敗戦後の９月、ソ連軍が*新京に進駐を始め、日本軍、官憲並びに旧満州国関係者の人狩りが始まった。天野さんは自分の写真を全て焼却。厳しいソ連兵の追求を逃れるため「津村修三」と変名して店員になりすましたり、中国人の同志の配慮により「王文哲」という中国名の身分証明書を手に入れたりして身を潜めた。

1946（昭和21）年４月ソ連軍が撤退しすかさず中共軍が入ってきたが、１か月後には北上してきた国民党軍と激烈な市街戦ののち郊外へ撤退。そして新京には国民政府の新六軍が進駐してきた。天野さんは国府軍にも中共軍にも使役にかり出された。引揚の時は印刷物等一切の持ち帰りを許されなかったので、「アララギ」入会以前から書きためた歌稿を中国人の友人に預けたが、その消息はいまだに不明である。

８月ついに引揚。所持品はリュックサック１つに限られ、無蓋貨車に分乗して南下。博多に上陸して初めて本名を名乗ったという。帰国後は富士高校の教諭になったが、凋落の思いの濃い後半生だったという。

歌集『柞《ははそ》の森』（S40）

一九四七（昭和二十二）年

青き稜線　ひとつ日本人　墓地となる　長春《チアンチウン》郊外　いまも眼にあり（逝く母）

物資つみて　ソ連へむかう　貨車はすぐ　*満鉄線に　草しるくのびて

燃えおそき　母の腹部を　ふたたびぞ　かえして薪《まき》を　加えつつ焼く

しゃがみつつ　母をし焼くに　眼《まなこ》するどき　ソ連兵二人が寄り来たり立つ

引揚ぐと　母の御《み》骨を　納むべき　ふくろを縫えり　針を借りきて

アカシヤの　匂いくる電気遊園に　あそびて乳《ち》飲む　汝《なれ》なりしかな（大連にて）

一九四八（昭和二十三）年

くじ引きて　当たりし吾は　中共の　軍の使役に　驅《か》り出さ

**＊新京**　「満州国」の首都。現在の長春市

**＊満鉄**　南満州鉄道株式会社の略称。中国東北部（旧満州）に存在した半官半民の特殊会社。日露戦争後、日本は関東洲と満鉄の権益を引き継いだ。駅のまわりも付属地として権益の対象となり、満鉄は日本人街を作り税金を集めるなどした。こうして満鉄は鉄道事業を中心に日本の満州経営の中核となり、最盛期には八十余りの関連企業を持った

れたり（満洲にて）

*円匙《えんぴ》かつぎ　列つくりおどおど　つきゆくに　中共兵がやさしく　話しかく

国府軍　ロッキード機の　旋回する　したびの部落に　つれられて来つ

掠奪されし　格納庫のさむき　コンクリートに　作業交替の
間《ま》をやすむなり

飛行場の　冷ゆる夜明けに　整列し　中共兵の　撤退訓辞聞けり

低空三十メートルの　銃撃に　*白楊《どろ》の葉はちる　鋪道のうえに

殺さるるか　はた拉致《らち》かとも　あやぶみし　使役は終れり　疲れはてつつ

一九四九（昭和二十四）年

貧しくて　猶《なお》得し　かかる安らぎも　ありがたきかな　国やぶれては

露店シネマ　『大連舊影』

**＊円匙**　シャベルのこと
**＊白楊**　パイ・ヤン。ヤナギ科の広葉樹。ドロヤナギ

『アララギ』を　くばる中年の　配達夫　わが飼う鶏《とり》を　ほめてゆきたり

老僕の　共産軍侵入を　告げしかば　街に別れにき　ああ
姜《チャン》　學《シュエ》　潜《チェヌ》君（同志を悼む）

一九五〇（昭和二十五）年

皇帝陛下　われに賜いし　盃に　三人の親族《うから》　屠蘇《とそ》を祝えり

凍《い》てつきし　二重窓の外は　暮れかかり　踏み込みきたる
ソ連兵四人（満州にて）

よどみなき　日本語もてソ軍将校は　吾に問いかけつ　「職業は何ですか」

わがために　*ゲ・ペ・ウに　引かれゆく　友に言ふべき
すべさえもなく

執拗なる　ゲ・ペ・ウを　のがるべき　わが変装の　板につきて見ゆ

身をけずる　十二ヶ月の　潜行に　ついの宣告　軽微栄養失調

***ゲ・ペ・ウ（GPU）**　ソ連の秘密警察。国家政治保安部。反革命分子の摘発・逮捕・処刑にあたった

「*向蘇聯一邊倒《シャンスリエヌイピエマタオ》」を　言うときに　或いは眼をとじ　或いは私語す

一九五一（昭和二十六）年

朝あけ（大連を憶う）

山東《シャヌトウン》より　今し帰りし　*戎克《ヂアンコ》つどう　老虎灘《ラオホウタヌ》の　きよき小さき岬　めぐりてゆけば　赤き旗　たちなびきつつ　戎克群れあう

山東の　移民の子らの　生《お》いたちて　富みて生めるを　この家に見き

「*難民的東北流亡《ナヌミンタトウンペイリオウワン》」の　語も悲し　海を越えしは　古くはあらねば

一九五二（昭和二十七年）

うらぶれし　*白系露人の　うた高き　マルスホテルに　やどる春の夜（ハルピンにて）

ザ・バイカルの　故郷を棄てし　くるしみを　髭《ひげ》ふかきロシア老人に聞けり

**＊向蘇連一辺倒**　「ソ連を強く支持する」という意味

**＊戎克（ヂアンコ）**　ジャンク。中国の沿岸・河川・湖沼で古くから利用されている中国独自の木造帆掛け船

ジャンク　『写真週報』（S13・9・21）

**＊難民的東北流亡**　「難民となった人たちが中国の東北部を彷徨う」という意味

**＊白系露人**　ロシア革命後、国外

流れ着《つ》きて　営むは大方　菓子商にて　おおどかにいる　露人の二世
導びかれし　大連《タリエヌ》ギリシア正教寺院　異邦人群れて　しるく臭えり（大連）

一九五四（昭和二十九）年

終戦後の　かの国にわかき　君等ありて　日本人われらをかばいくれにき（姜君を憶う）
中共の　興る勢いは　文盲の　熱河《ろほ》の農民に　まざまざと見き
終戦後　教員として八年は　無為《むい》に過ぎたり　死魚といずれぞ

一九五八（昭和三十三）年

小太りの　身をつつむ青き　綿服の　今に眼にあり　呉《う》君よ会いたし
疎開者と　さげすまれつつ　かく農に　土屋先生も　従いましき

に亡命した旧ロシア帝国の住民。共産主義＝赤との対立の意味で白と呼ばれた。満州国やその周辺地域へ亡命した者も多い

ロシア街一見　『大連舊影』

一九五九（昭和三十四）年
『少安集』を　語り合いにし　友いくたり　新京歌会を　また思い出ず
歌集『川流《せんりゅう》集』（S53）

ゲスト三人　二人はわが知る　今にして　テレビに見する
「幻の＊満州帝国」（昭和四十年）

蒙古風《ふう》に　似し風《かぜ》なぎし　夜の風呂に　明日の段取りを　考えている（昭和四十年）

満州を　思い出でつつ　眠りしが　夢を見にけり　＊甘粕大尉の（昭和四十年）

終りまで　忍ぶはついに　救わるを　信じて過ぎし　月日とおもう（昭和四十年）

満鉄線　はさみて丘に　杏子《あんず》咲く　彼《か》の記憶かも　淡淡として（昭和四十一年）

吾に宛《あ》てし　中国の友の　書状出ず　ああ大連市　不老街

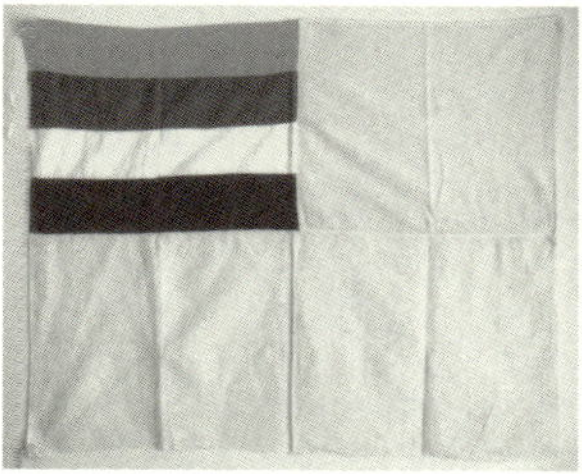
「満州国」国旗
静岡平和資料館をつくる会提供

**＊満州帝国**　日本が満州事変によって昭和七年、満州に作り上げた。満州とは現在の中国東北三省（遼寧、吉林、黒竜江）で、昭和四年までは奉天省と呼ばれていた。昭和十五年の臨時国勢調査によれば人口約四千三百万人、うち在満日本人は約八十二万人だった。「満州人」による

二二九番地（昭和四十三年）

亡国の　歴史を編まん　事業にて　吾にも五百枚　割り当てられぬ（満州国史　昭和四十三年）

美しと　苦しと思う　過去《すぎゆき》や　亡国史五百枚　書き上げにけり（満州国史　昭和四十四年）

*マリアナの　海にしづきて　帰らざる　七十余人の　*いさりおの碑ぞ（昭和四十四年）

国と称したが、日本の傀儡政権とみなされた。昭和二十年日本の敗戦とともに解散

***甘粕大尉**　関東大震災の時、憲兵として大杉栄・伊東野枝を拉致・殺害。服役後は満映理事長となり、満州国を影で支配したと言われる。敗戦直後、服毒自殺

***マリアナ**　日米の空母決戦となったマリアナ沖海戦。日本軍は空母航空兵力の全面壊滅という大敗を喫した

***いさりお**　漁夫のこと。太平洋戦争では漁船も多くが徴用され、一万人を超える船員が犠牲となっているので、そのことを指すものではないか

## （3）シベリア抑留と引き揚げ ―長倉智恵雄―

静岡平和資料館をつくる会提供・山梨龍平氏撮影

長倉智恵雄さんは1910（明治43）年静岡市宮ヶ崎に生まれた。静岡師範学校付属小学校を卒業。若くして『短歌研究』『日本短歌』『静岡新聞』に短歌を発表。22歳で結婚。34歳で応召し、関東軍独立歩兵守備隊の乙種一兵卒として満州ハルピンに送られる。

同年、処女歌集『青嶺』が「一路叢書」として出版される。終戦をハルピンで迎え、ソ連軍の侵攻により捕虜となって無蓋の貨物列車でシベリアに送られ、収容所でのち静岡大学教授・作家になった*高杉一郎氏と出会う。厳しい作業の明け暮れの中、高杉氏と二人で*歌会をしたという。

37歳で舞鶴港に復員。静岡市宮ヶ崎で戦前から「布半」という足袋や反物を扱う商店を営む。戦後長倉家は安部公房、山崎方代、川田順などの文人歌人が訪れるたまり場となっていたという。歌集『多聞』『野葡萄』がある。

この写真は長倉さんの店ではないが、商業転進を報告する貼り紙を写している。「此の度、お国のため、率先廃業いたしました。長年のご愛顧お引き立て頂戴いたしましたことを、厚く御礼申し上げます」と書かれている。

大君の　み召しのままに　われ征《ゆ》かん　友征きてわれも　征くがに思おゆ（昭和十五年　簡閲点呼）
歌集『新雪』（S8）

朝廷《あさの》べに　捧げ給いし　まごころを　今にうけつぎ　吾等戦う（楠公生誕六百五十年）
静岡新聞（S19・5）

妻も子も　来たりて聴けよ　皇軍が　大海原を　おし渡りゆく（昭和十年十二月八日）
歌集『青嶺』（S19）

いささかの　病《やまい》にまけて　臥《ふ》しおれば　友の出征《いでた》つ　万歳のこえ（昭和十二年）

大部隊　行進のごとく　幾百の　遺骨の列の　進み来るはや（昭和十三年）

*純綿をひたすら恋うる　客多し　執念《しゅうね》く言えば　憎しみ湧くも（昭和十五年）

値に驚き　怒る客あり　惜しみなく　買いゆくもありて　店

静岡歩兵第三十四連隊
静岡平和資料館をつくる会提供

*純綿　昭和十三年物資動員のため純綿製品の販売が抑制された。代用品として、木材パルプを原料としたスフが出回ったが、粗悪品として嫌われた

繁昌す（昭和十五年）

われよりも　妻が商い　上手とぞ　人言《ひとごと》に聞く　いつ頃より
か（昭和十五年）

助かりし　かたじけなさや　有り金を　背負いて妻の　ふか
く眠れる（昭和十五年　*静岡大火）

およずれの　たわごとならず　青雲の　上より花と　散りに
し君はも（昭和十五年　大村航空兵中尉空中散華）

カンボヂヤの　僧侶幼き　顔をせり　皇軍将士と　握手を交
す（昭和十六年）

野戦より　葉書一つに　妻子らに　思いを寄する　友幸《さき》くあ
れ（昭和十七年　山口幸緒を想う）

部屋隅に　年の久しく　吊り下げあり　遺書遺髪入れし　奉
公袋（昭和十七年）

哨戒機　音ひびきつつ　光芒《こうぼう》は　街の四方《よも》より　伸びいたり
けり（昭和十八年）

商業転進　報国の店と　貼紙して　今日よりわれは　商人《あきうど》な

昭和十五年一月十五日午後零時八分、静岡市に空前の大火が発生。十五時間余り燃え続け、五千百余戸を全半焼、市街は焼け野原と化した

『新聞に見る静岡県の100年』（静岡新聞社）

らず（昭和十八年）

歌集『多聞』（H2）

ハルピンにて　一九四五（昭和二十）年八月

日本軍　敗退近しとう　露語放送　告げて去りゆく　姑娘《クーニャン》汝《なれ》は

いちはやく　逃亡したる　特務機関の　家に入りて読む『鶴は病みき』を

*手榴弾　握りてひそむ　壕のなか　降伏の報を　信ぜんとする

居留民を　置き去りにして　退却し　来れる列車に　兵あふれたり

地下室より　抱え来りて　書類焼く　みな汗光る　疲れたる顔

巷《ちまた》には　*青天白日旗の　行列ゆき　また赤旗を　振れる一団

海林《ハイリン》収容所

シベリア抑留体験画
静岡平和資料館をつくる会提供・小和田光氏作画

行き暮れて　いずこと知らず　野営する　兵のむくろの　浮きたる河辺に
今日の陽は　秋草原に　あまねくて　戸板よりおろす　屍一つ

捕虜列車

ただざまに　天に向かいて　レール光る　荒野に汽車は　一日動かず
ハバロフスクの　駅に一日　楽ひびき　ソ連軍凱旋列車と　並びとまれる
車窓より　万年筆を　吊り下げて　交換したる　パンも食い終りたり
カシオペヤ　北に移ると　いう声が　諦めとなりて　むしろ安けし
停車すれば　直ちに下りて　糞をひる　習性となりて　なお遠く行く
有刺鉄線　ひそかに越えて　射たれしと　驚きしむる声　誰

**＊手榴弾**　敗戦が濃くなった日本軍の将兵・戦傷病者などは、自決用として持たされた
**＊青天白日旗**　中国国民党の旗
**＊ラーゲリの歌会**　「ある晩、私は疲れ切った身体にむちうって、近くの幕舎にいるおなじ静岡県出身の歌人長倉智恵雄を訪ねていった。自分と彼の両方を元気づけるためだった。彼は作業からもどると、小さな手帳に歌を書きつけてはみずからを慰めていた。もうみんなが蚕棚の上に横たわっている幕舎のなかで、ペカペカなストーブのそばの丸太株に腰かけた私たちは、未完の長倉智恵雄歌集を声をたてずにくり返し読んだ。」『征きて還りし兵の記憶』　高杉一郎著　岩波書店（1996）

いうとなく
この山を　めぐる鉄路に　沿いて立つ　白墓あまた　秋草の
なか
飯分けの　争いもいつか　ぼそぼそと　小声になりて　皆食
べている
油差しの　女の睫《まつげ》　長くして　白く凍れるを　近々と見つ
牛乳を　呑むソ連兵　取り巻きて　黙《もだ》深くおり　捕虜のわれ
らは
浴場《バーニャ》の　マダムがわれに　指し示す　*ヤポンスキイコンミ
ユニスト　*徳田の写真

復員　一九四七（昭和二十二）年

頭より　*DDTをかけられて　上陸第一歩　日本ぞここは
日本《にっぽん》の　港に着きて　読む葉書　三年前に　わが光子死す
故郷《ふるさと》へ　怖れをもちて　帰りゆく　敗《やぶ》れて何が　残れる国ぞ
皮膚たるみ　手の傷痕の　なまなまし　手をとれば手に　涙
おとす妻

**＊ヤポンスキイコンミュニスト**　ロシア語で「日本人共産主義者」の意

**＊徳田球一**　日本共産党の設立に参加、三・一五事件で逮捕され、獄中で十八年を過ごす。敗戦後出獄したが、GHQ（連合軍総司令部、いわゆる占領軍）に追放され、中国で没した

**＊DDT**　シラミが媒介する発疹チフスを予防するため、GHQが全国の学校や街頭で強制的に浴びせた農薬

**＊高杉一郎**　「一九五一年の四月、私たちは静岡市に引っ越した。そして以後二十年間、私たちはこのおだやかな町で暮すことになった。新しく住居を見つけることはほとんど望みがたい時代だったが、シベリアのラーゲリで最初の冬をともに越した長倉

妻の世界

皿盛りの　蜜柑が戸板に　並べあり　かくて生き来し　わが一家族

帰りきて　十日目の朝　卒然と　へちまの棚を　ぶちこわしたり

てきぱきと　物売る妻の　かたわらに　心は頼り　わが座り居り

バラックに　心なじまず　起き伏せば　日当たりよきを　妻の言うなり

窓あけて　畠に小便　したること　この捕虜呆けを　妻はゆるさず

留守を守りし　妻を称《たた》うる　人の前に　怒りこらえて　われは聞きおり

生きることに　自信を持ちて　妻語る　子らを抱えて　耐えし幾年

智恵雄が、親戚の屋敷の隅に建っている離れを私たちのために借りてくれた。」『征きて還りし兵の記憶』

シベリア抑留体験画
静岡平和資料館をつくる会提供・小和田光氏作画

# （4）二十四歳の戦死　―中島信洋―

故　中島信洋君

略　歴

○本　名　中島信司
○靜岡縣志太郡豊田村字三ケ名、中島昇司二男トシテ出生
○高等小學校卒業後直ニ靜岡市三番町漆器塗職中塚貞吉方ニ徒弟トシテ住居。
○昭和七年ヨリ青年訓練所ニ出席ス。
○昭和八年五月不二ヘ入社ス。
○昭和九年五月徴兵檢査ニ甲種合格ス。
○同十年一月歩兵第三十四聯隊ニ入營シ四月北滿討匪派遣軍トシテ渡滿、十一年十二月歸營除隊ス。此ノ間討匪戰ニ勳功アリテ勳八等ヲ授ケラレ從軍章ヲ授與セラル伍長勤務上等兵、不二モ準同人ニ推薦セラル。
○十二年一月ヨリ復主家ニ勤メ、不二三月號ニ在滿ノ歌十數首ノ大作ヲ發表シ、同七月同人ニ推薦セラル。
○同年八月十八日支那事變ノ爲メ召集ヲ受ケテ入隊、田上部隊田村隊ニ屬ス。出征ニ當リ「晴衣上途」ト題スル五首ヲ詠ミテ決意ヲ示ス。
○同年九月五日上海〇〇ヘ敵前上陸シ直ニ激戰ニ入ル。同八日敵彈下ニテ陣中吟三首ヲ詠ミテ遂ニ絶詠トナル。
○同二十五日劉行鎭方面ノ激戰ニ於テ壯烈ナル名譽ノ戰死ヲ遂グ享年二十四歳。

『不二・中島信洋追悼号』

『不二』中島信洋追悼号（S12・12）

真夏の蟻　　中塚莞二（静岡）

北支那は　矢玉爆《は》ぜ飛ぶ昼ならん　庭に黙々　列つくる蟻

粛々と　真昼の土を　這う蟻か　威《たけ》きものぞと　見居る久しも

中島信洋戦死す　　山口豊光（静岡）

「死亡につき　返送す」とう　附箋つき　待ち焦れけん　「不二」は戻りぬ

「命あらば　会える日もあらん」と　詠《よ》みたりし　わが信洋よ　遂に還らず

君が戦死《しに》しは　楊行鎮か　劉行鎮か　御霊《みたま》やすかれ　蘇洲もおちし

陸軍射撃場　　三木孝（静岡）

皇軍、支那の山野に活躍する報しきりなる秋晴れの一日、大谷山懐なる

**＊中島信洋さん**　本名・信司さんは静岡県志太郡豊田村字三ケ名に出生。高等小学校卒業後、静岡市三番町の漆器塗り職人、中塚貞吉方に徒弟として入った。昭和八年短歌結社『不二』に入社。

昭和九年に徴兵検査で甲種合格。昭和十年歩兵第三十四連隊に入営し、四月、北満討匪派遣軍として渡満。昭和十一年十二月に帰営除隊するまで、討匪戦に勲功があり、勲八等を授けられ、『不二』も準同人に推薦された。

昭和十二年一月より、もとの塗り職人の主家に勤めつつ、在満の歌を『不二』に発表して、同人に推薦された。昭和十二年八月支那事変のため再び召集さ

陸軍射撃場の傍を通りて。

かくの如き　山獄戦か　北支那の　秋空美しと　言い来し友はも

横山壽夫（静岡）　歌集『迎火』（S12）

敷島の　道をこころに　持たしめて　北満の地に　君を遣るなり（静岡聯隊に入営後、ただちに北満の地に出征する中島信洋君に）

中島信洋遺稿集　『不二』　中島信洋追悼号　（S12・12）

一九三四（昭和九）年

兵に行く　日の定まりて　ことほぎの　人のことばも　つつしみて聞く（入営近づく）

兵にゆく　吾を気づかう　母上や　このごろ面《おも》の　やつれ目立つも

相さかる　さみしき心は　堪えて言わね　このごろ君の　面さびにけり

偽装して山林地帯を探す討伐隊。匪賊発見は数が少なく、難しい。討匪行『写真週報』（S14・3）

れて入隊。田上部隊田村隊に属する。昭和十二年九月五日、上海〇〇へ敵前上陸し、ただちに激戦状態に突入。同じく九月八日、敵弾の下で、陣中吟三首を

うす曇る　空を鳴き過ぐ　五位鷺や　月のあり処《ど》の　ほのぼの白し

　一九三五（昭和十）年

高粱《コーリャン》の　枯葉を渡る　風の音や　今宵は月も　澄みて寒けし

（歩哨に立ちて）

山の端《は》ゆ　今し昇れる　月光の　明るさにたちて　夜鳥は鳴くも

殺伐な　世に生れ来て　満人は　さらし首にも　驚かぬなり

暮の色　未だ漂う　地の涯に　うごめくは敵か　人の影あまた

飢え迫る　夜半の寒さを　かがり火に　身をよせて焼く　唐もろこしの香

夕立の　晴れて清《すが》しも　雫する　鉄帽とりて　陽を仰ぎつつ

日を並《な》みて　歩めどつきぬ　高粱の　繁れる畑を　今日も行くなり

月の光　ほのかに白し　きび畑の　垂れ穂にさやら　風わた

詠んで、それが絶詠となった。昭和十二年九月二十五日劉行鎮方面の激戦で壮烈なる名誉の戦死を遂げた。享年二十四歳であった。

　当時の『写真週報』によると、〈昭和十一年四月から行われた満州国匪賊討伐三カ年計画は、その半ばで支那事変が勃発した

北辺の鎮護　『写真週報』（S13・2・12）

る見ゆ
　一九三六（昭和十一）年
あたらしき　軍服《ふく》に着かえて　出征《ゆく》今日ぞ　身をも心も　す
がすがしけれ（征衣上途）
ことほぎの　詞《ことば》聞き居つ　出征《ゆく》吾の　命は露も　欲しと思わ
ざり
命あれば　ふたたび会える　日もあらん　君には告げず　吾
が出征《たち》にけり
再びを　召され出征《ゆく》日の　近くあらんと　密かに物を　まと
めつつ思う（北支事変に題す）
召集令状　密かに待ちつ　現身《うつしみ》に　かかわるものを　まとめ
つつ居り
出征《ゆく》先は　北満の地か　北支那か　心守りて　働けよ君（友
に）
夕庭に　啼き澄む蝉の　一つ居て　残り陽なおも　はげしく
あつき

雪中行軍
『画報躍進之日本』（S15・2）

ため、成果が注目された。日満
両軍の緊密な協力によって、討

門に立ちて　見上ぐれば清し　庭若葉　家をめぐりて　いよいよ青き（帰省雑唱）
田仕事を　休みて母が　手作りし　柏餅なり　いただきて食う

新屯の戦闘に斃れし、土屋正美君の火葬を行う。火葬と言っても、土を少し掘り、その内に戦死者を入れ、薪を積み、石油をかけて焼くなり。吾れ即ち火葬場衛生兵として服務す。

夜をこめて　人を焼く匂いは　籠もらいぬ　この山峡《やまかい》に　吹く風もなく
顔のかたち　焼け崩れゆく　たまゆらを　ひた泣きにつつ　火をたく吾は
上官の　命令にあれど　戦友《とも》を焼く　衛《まも》りはいかに　堪えがたきかも
軍律の　厳しさにあれど　声あげて　かかる時こそ　泣くは男《お》の子ぞ
頭髪に　今し移ろう　火を見つつ　あやうく吾の　よろめき

匪行は着々と遂行され、予期以上の好成績のうちに終了することとなった〉とある

『画報躍進之日本』（S15・2）

にけり
弾丸《たま》の下を　くぐりて今日も　生きにつつ　明日にそなうる
　信念を持ちぬ
部落までは　後六里あらん　日の暮を　うごかぬ橇《そり》よ　驥馬《きば》
よ疲れしか
吹雪荒るる　枯野の果てを　行く橇の　うちまどう見ゆ　家
なきあたり

## (5) 慰安婦律子をうたう　―寒川治―

南寧北方地区戦線　『画報躍進之日本』(S15.4)

寒川治さんは1919(大正８)年、静岡市千代田で生まれた。千代田尋常高等小学校、県立安倍農学校を卒業。1937(昭和12)年、静岡市服織小学校の代用教員となる。翌年静岡郵便局に就職。1939(昭和14)年、名古屋連隊(野砲)に入隊。1942(昭和17)年日支事変勃発により、現役召集で中支に派遣される。1946(昭和21)年抑留生活より解放されて帰郷。戦後は退職まで日本通運に勤めた。52歳で作歌を始め、のち雑誌『静岡アララギ月刊』、短歌結社「未来」に参加。短歌結社「群帆」創刊に加わる。1988(昭和63)年、69歳で死去。

歌集『流雲』（S60）

一九七五（昭和五十）年

フェリーより　バス出でんとして　思いあり　われらを戦線へ　送りたる船

応山の　あかときを発《た》つ　軍列を　見送りくれし　かの慰安婦ら

慰安婦律子が　裾をからげて　渡り来し　十里河《シーリーフー》の流れ　いまも清きや

夕茜　大別山を　染めていいん　かの慰安婦ら　いずこにか生きよ

砲弾に　削がれて朱《あか》き　脇腹の　倒れゆくわれの　二米《メートル》先

*戦友会　三十年を　続けきて　禁句いくつを　互《かたみ》に持てり

一九七六（昭和五十一）年

三十年の　夏たちかえる　日々に読む　*中国人強制連行の記録

中国人　八十一名の　死を知る日にて　峰之沢鉱山　われを

前線での記念写真
『画報躍進之日本』（S13.1）

**＊戦友会**　復員後、所属隊や地域に分かれて戦友会が多く成立した。ラバウル戦友会、軍艦阿武隈戦友会など

**＊中国人強制連行**　太平洋戦争中、戦争の拡大により銅の増産が叫

呼ぶごとし

軍隊慰安婦　訪ね来らば　どうなさる　問う妻のいて　わが生たのし

一九七八（昭和五十三）年

日本統治の　三十六年は　短かかりしと　言う声のあり　今の韓国に

穴のふちに　坐らされ　煙草　吸う捕虜ら　目かくしの下の表情知れず

戦友会も　財成す者が　支配する　集《つど》いとなりて　幾年行かず

一九七九（昭和五十四）年

中隊長　小隊長と　おのずから　並ぶ席次は　今も変るなく

八甲田の　吹雪を生きて　帰りたる者ら　日露の　役《えき》に果てたり

一九八〇（昭和五十五）年

*東洋鬼《トンヤンキ》と　書かれし土壁　ありありと　覚めて熱臭う　体

ばれたが、日本人鉱夫が召集され鉱山の労働力が不足した。静岡県にも五か所の事業場があり、浜松市天竜区龍山町の峰之沢鉱山、選鉱場もその一つである。労働力不足を補うため一千人を超える朝鮮人と、約二百人の中国人が、峰之沢鉱山に連行された。しかし増産のための乱掘で坑内が荒れ、落盤が増えたために事故が頻発。朝鮮人による強制連行への激しい抵抗が起き、二度の争議が発生して、検挙者も多数出た。逃亡者も多かったという。一方、中国人は中国・河北省で集められ収容所へ連行され、粗悪な食事、拘禁、虐待で衰弱している人が多かった。二百人の連行者のうち八十四人が疥癬や大腸カタルで死んだと

をふけり
　一九八一（昭和五十六）年
甘粕大尉の　減刑嘆願に　署名せる　五万の庶民　ありと記《しる》せり
　一九八二（昭和五十七）年
*篤志看護婦　踊り子となり　いま教師　宴果ててアヤの四十年を聞く
浜松は　*爆弾処理の　掃き溜めと　アメリカ将校の　日記に録す
　一九八三（昭和五十八）年
狭きわが　生活圏に　夏の来て　東京裁判の　本ふえてゆく
裁かるる　日本にあかり　点《とも》したる　*パル判決書を　忘れざるべし
再軍備　許容する歌　生れざるを　当然として　この平和あるか
*近衛文麿《このえふみまろ》　痔を病まざりせば　或いはと　戦争回避の　可

いう。静岡県内では、他に、清水港での石炭運搬を主とする港湾荷役に従事させられた人たち、富士の陸軍飛行場の建設工事に従事させられた人たち、賀茂郡の宇久須鉱山と仁科鉱山に連行された人々がある

**＊東洋鬼**　日本兵あるいは日本人を指した

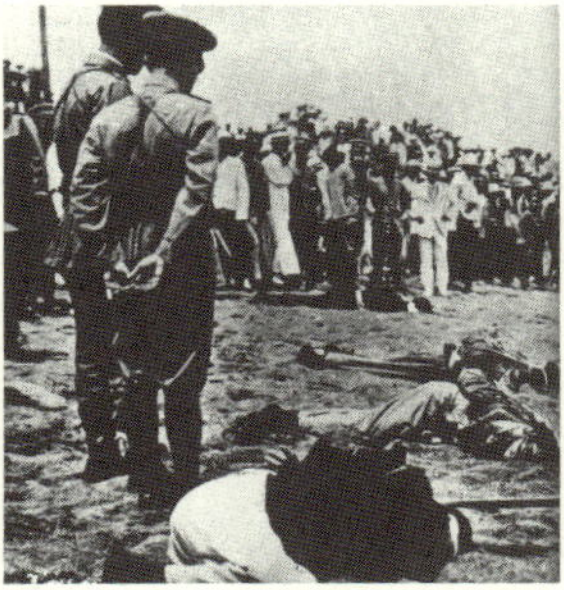
日本軍による抗日兵士の処刑
『勿忘九・一八』

能性説く

*事後法と　裁判長ウェッブに　迫りたる　*清瀬一郎　軍靴をはきて

桂林と　知るのみにして　崩れたる　土壁のかげに　一夜宿りき

戦場に　死ぬべかりしを　ながらえて　黄金のごとき　日を賜うかな

戦争に　われら狩られし　遠景に　兵二百体の　木像がある

虐殺の　犯人は法廷に　あらずとう　パル判決書は　われを指さす

日本軍の　武装解除を　悔しみき　朝鮮に戦いし　マッカーサーは

戦勝国と　なりし場合など　思わせて　反戦の歌ひと日　拾いゆく

一九八四（昭和五十九）年

ひれ伏して　命乞いする　幻影に　或る夜は銃を　構えて迫る

**＊篤志看護婦**　明治二十年日本赤十字社設立と同時に，皇族や華族女性からなる上流階級の婦人の組織・篤志看護婦人会ができた。彼女らは，直接看護するのではなく，看護婦のイメージアップや生徒募集の宣伝などの活動を行っていた

**＊爆弾処理**　浜松は米軍が東京空襲をする時の往復のコース目標になっていた。浜松を狙った爆撃以外に，東京で落とし残した爆弾を，帰路，浜松上空で落として処理していく事もあった

**＊パル判決書**　インド・ベンガル生まれのパル判事は，東京裁判の多数派判決を正面から論駁，日本人戦犯全員に，「訴追事項に対して被告個人は無罪」を言い渡した

すれ違う　廊下に目を伏せし　東条を　あわれみ書けり　B級死刑囚は

兵なりし　日をひとたびの　人生の　輝きとして　思うことあり

一瞬の　ドラマは過ぎて　〈*餓死という　戦死〉はふかく　われを突き刺す

*犬舌と　みずから笑う　二等兵たりしより　今につづく早飯

一九八五（昭和六十）年

*「車へんに　沈む」という字を　問われたり　その字のごとく　敗れし日本

戦友としてわれに棲む　慰安婦を　書きいて思う　そののちのこと

歌集『寒林』寒川治遺歌集（H1）

**＊近衛文麿**　昭和十二年以後、三度組閣。この間、大政翼賛会を創立した。第二次大戦後、戦犯出頭命令を受けて服毒自殺。人気は高いが優柔不断な政治家で、その内閣は終始軍部に翻弄されたとの評価がある

**＊事後法**　犯罪が行われた後にその法律を制定し、罰するということで法的には無効。東京裁判は事後法だという議論がある

**＊清瀬一郎**　大正、昭和時代の日本の弁護士、政治家。弁護士として極東国際軍事裁判で東条英機の弁護人などを務め、また政治家としては文部大臣、衆議院議長を歴任

**＊餓死という戦死**　日本軍は、食糧現地自活（調達）主義をとったため、補給の途絶などで膨大

一九八五（昭和六十）年

「*からゆき」を　一夜買い占め　いたぶりし　かの国人《くにびと》の
ことは身に沁む

一九八六（昭和六十一）年

戦友会に　行かぬを責めてくる電話　包まぬ声は　酔いのみ
ならず

戦場の　六年勤《つとめ》の　三十五年　病みてたまわる　二十日の休
暇

一九八七（昭和六十二）年

応山を　撤退すると　兵営に　置き去りにせし　「アルルの
女」

戦場を　勝者の側より　写したる　「中国」「沖縄」　書棚に
ならぶ

*米軍の　チラシを南寧《なんねい》の　空に見き　きらめきながら　鳩
まいめぐる

一九八八（昭和六十三）年

な飢餓が発生した。戦没者の過半数（六割）が、戦闘行動による死者ではなく餓死であったといわれる。（栄養失調による「不完全飢餓」によって、病気に対する抵抗力を失った結果としての戦病死をも含む）

**＊犬舌**　猫舌の反対で熱いものが平気なこと

**＊車へんに**　轟沈のことか

**＊からゆき**　明治から昭和初期にかけて、九州の天草諸島付近から南方など外地へ、多く売春婦として出稼ぎに行った女性。唐行きさん

**＊米軍のチラシ**　いわゆる伝単（宣伝ビラ）。紙の爆弾とも呼ばれた。一九四五年八月十六日から、米軍は戦場に日本降伏の伝単を播いた

軍列を　追いて駈けゆく　わが影の　見えて林に　屍さらしいる

天皇を　譏《そし》るもよけれ　*一億の　火の玉の中に　なかりしか言え

軍刀を　振りかぶりしを　囲みたる　中に笑うは　われと思わん

悪夢ゆえ　忘れてならず　落つる首を　追うがに穴に　とびこむ胴を

戦地にて　われの書きたる　手紙の束　即ち父母を　苦しめし量《かさ》

慰安婦との　結婚許すと　言いこしは　あてなき命と　思いたるらし

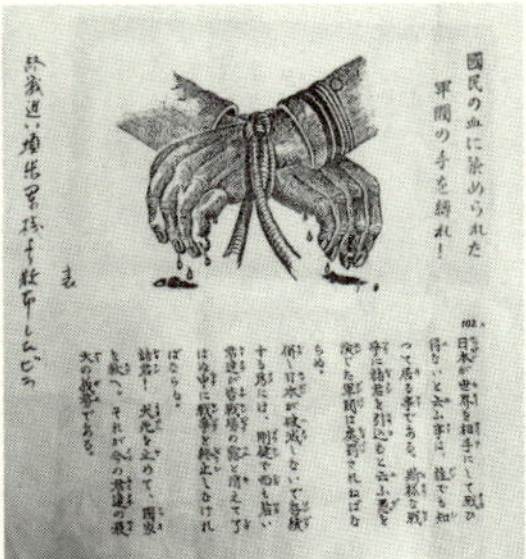


米軍のチラシ
静岡平和資料館をつくる会提供

**＊一億の火の玉**　戦時下にあった、「すすめ一億火の玉だ」という戦意高揚スローガン

# （6）満州の女医　―小野田依子―

小野田依子さん（昭和17年夏・25歳）

小野田依子さんは1918（大正7）年生まれ。静岡市駿河区池田で長く内科医院を開業。60年を越える歌歴をもち、短歌を詠いつづけてきたが、戦争を詠うことはなかった。しかし2005年7月発行の短歌結社水甕静岡支社誌『みつかめ静岡』に、「第二次世界大戦終結60年記念作品」として「卡子（チャーズ）」を発表。

次頁に2005（平成17）年のインタビュー記事を収録。

――これまで小野田さんは戦争の短歌を発表されることはなかったとお聞きしていましたが。

「そうなのです。けれども子どもたちにそろそろ満州での体験を話さなくてはと思ったものですから。今年八十七歳（２０１０年現在九十二歳）になります。

私は鹿児島の出身で、東京女子医大を昭和十四年に卒業して東京の済生会病院に勤めていたのです。ところが昭和十六年、満州で医院を開業していた九歳年長の姉があまりに忙しくて倒れたという知らせを受け取り、一週間くらい見舞いに行くつもりで満州に行きましたの。」

――どうして、また、お姉さまが満州で開業していらっしゃったのですか？

「そもそもは、兄が満州建国のために鉄道大臣に派遣されて満州に行っていたのです。それを両親がたった独りではと、とても心配しましてね。医者だった姉をつれて、三人で満州に行き、兄と一緒に暮らすようになったのです。

その頃日本がいわゆる占領した新京という街、今の長春に住みついて姉はずっと医院をやっていたのです。私が満州へ行った頃はまだ渡航できたのですよ。新聞も見ないものだから、戦争のことなど知らなくて、ひょいと行っちゃったんですよ。そしたら戦争が勃発して帰れなくなっちゃった。着の身着のまま。何もかも東京においたままです。

仕方がないから姉の病院を大きくしましてね、入院もできるようにしてがんばっちゃった。

新京には日本人、たくさんいましたよ。お金持ちの中国人の家がずらっと並んでいて、往診を頼むと、丁寧に迎えに来ましたよ。」

——あの、白い馬に乗って往診にいらっしゃったとか？

「往診は車。陸軍自動車学校に行って運転を習って、免許証を取ったんですよ。昭和十八年に取ったかな。馬はね、遊び。楡が並ぶ広い道路を毎朝ぱかぱかぱかぱか馬に乗って、そのあと、診療しました。

　それにしても一番かわいそうだったのは、日本の農家などから来た若い人達で、日本に職がなかったために吉林省に入植して、敗戦を迎えた人たちですね。日本は相当貧乏だったんです。だから戦争始めたんでしょうがね。

　その頃は医学のことばかり勉強してましたからね、私は世の中のことは分からなかった。今考えるとバカみたい。」

——当時、小野田さんは二十代半ばですか？

「飛び級で早く卒業したため女学校を出たのが十六歳。それから医大が五年間。卒業したのが二十一歳、満州へ行ったのが二十三歳くらいかしら。よく満州まで行ったと思いますね。とにかく若い頃は勇敢だから。

　日本に残って女学校に行っていた妹は従軍看護婦にならされましてね。ほんとに日本は切羽詰まっていたのですね。でも、そんなことを学校では教えてくれないし、何も知りませんでした。ただただ天皇陛下を中心に日本を守れということだけですよ。

今になって考えると、日本は食べ物もないし、貿易をやろうとしてもうまくいかない。だから侵略に行ったんでしょうね。私から見ればあれは侵略です。当時の満州は非常に平和でした。中国人とも仲良くてね。」

――お兄さまはどういう仕事をしていらしたのですか？

「兄はね、吉林省など地方の多くの行政官を統括する立場でした。当時の鉄道大臣が鹿児島の方で同郷ということで頼まれたのです。中国の皇帝溥儀氏と一緒になって満州国を固めろと、それが日本のためになるという事でした。

兄は最後に共産軍が入ってきたときに投獄されたのです。兄と同じ立場の偉い人たちはたいてい殺されました。人前に曝され引き回されて殺された。ところが兄はどうしたわけか、死刑にならないで、日本に返されたの。孔子、孟子、老子の本をよく読んでいて、監獄にも持っていって読んでいたらしいの。それで、共産党の幹部と話が合ったんですね。私よりも早く帰国しているのですよ。」

――小野田さんは満州で敗戦を迎えたあと、どうされたのですか？

「日本が負けて留用というかたちで捕虜になったのです。姉も医者だから本来は留用だけど、病気だからと偽って帰ってもらうことにしたの。両親と姉は昭和二十一年に、日本と中国が交渉して船で帰国しました。

医者・技術者は皆日本の賠償金のかわりに捕虜になったのです。それで、私だけ残ったんです。医者は十人くらい残されましたが、女医は私一人でした。姪がおばさん一人残すわけにはいかないと言って、頭剃ってズボンはいて看護婦として残っちゃったんですよ。

中国のために尽くせと言われて、やっていた病院は接収されて、そこで働きました。そのあとはもうどうやっても日本に帰るすべがなかったのです。昭和二十八年までそうやって中国で働いていました。」

――ええっ。昭和二十八年まで。敗戦から六年も経っていますね。

「そうなの。この短歌はその間のものです。新京のチャーズという所を抜け出して、新京にいても食べるものがなくなっちゃったものだから。いくら開業してたって、軍票は山のようにあるけれど、物がないから何も買えないの。それで逃げ出すことにしたのです。

日本の軍隊がなんの挨拶もなくサッといなくなってしまって、それから蒋介石の軍隊が汽車でガッと入ってきたのだけれど、彼らは日本に対してとてもおとなしかったの。だから開業は続けられたんです。けれども昭和二十二年の八月にソ連軍がどっと入ってきたら蒋介石軍がいなくなっちゃったの。中国人も我々も皆残されたんです。

ソ連兵はあらゆる物を略奪して時計が一番狙われた。ソ連軍の兵士は両腕にいくつもいくつも時計をはめてましたもん。あとで聞いたのですが、将校はみんな女で、偉いの。盗んだ兵隊は皆監獄から来たのだと聞きました。

女の将校さんたちは日本人に使役に来いと言って、ことに若い男はへとへとになって帰ってきた。どうしてかと思ったら、セックスでいじめられた。そんなに強いんですって。(笑)〈使役ってどんな事やったの?〉って聞いたら、〈先生だから言うけど〉って、へとへとになったから注射してくれって来たので分かったんですよ。ご馳走をいっぱい食べさせて、そのあと、だいたい、三人がかわるがわるだそうです。将校って何人もいますからね。そういうわけで男性は二日するとへとへとになって帰ってきた。そして、また連れて行かれる。」

——女が犠牲になるだけではないのですね。

「女はね、丸坊主で押入の中に隠れていました。蔣介石の兵隊と正式な結婚をした人もいました。中国人の兵隊の家に往診に行って分かったのですが、日本人の女の子が同棲していました。往診代としてお米を貰ってきましたよ。物で貰わないと、軍票では何にもならないので。」

——それは、梅毒とか、ですか?

「結核。みんな結核ですよ。梅毒はいなかった。」

――怖くなかったですか？

「怖くはなかった。ソ連人の女医さんってものすごく偉かったんですって。それにソ連では女医がとても多いらしい。それで兵隊が女医を尊敬しているの。私たちの病院では赤十字の旗を立てているし、赤十字の腕章を巻いてるしね。

私は張り切って威張っていたから、私だけは髪を切らなかった。長い髪を二つに分けて、三つ編みにして頭にぐるぐる巻いてたんですよ。私のトレードマークでした。」

――話を戻しまして、どういう経過でご結婚なさったのですか？

「結婚したのは昭和二十三年の暮れですね。主人は共産軍に掴まっていて、私たちが新京に入ったときに帰ってきたんです。日本人同士で暮らせということで許されたらしいの。主人とは昔から知り合いでしたからね。あらっと言って顔を合わせたんです。

食べるものがなくて、あっちこっちから探し出して。私ももう診療を頼まれなくなってしまって。つまり誰も彼も病気になっても診察なんか受けられないくらいに逼迫していたんです。これは困ったなと思っていた頃、〈結婚したら〉と言ってね。近所のご夫婦に強く勧められました。

お米が手に入ったら十五人でお粥にして一緒に食べるというような暮らしをしていましたから。どうしようかと迷ったけれど、いつ死ぬかわからないと思ったから、結婚しました。

新京から奉天に逃げてから子どもを産みました。それまで二年間生理が止まっていたのに結婚したら生理が始まったの。食べるものがないのと、精神的なショックのためですよね。」

——これだけは話しておきたい、残したいというお話がありましたら。

「とにかく侵略はいけない。私たち、日本が侵略しているとは夢にも思わなかったから、ただ中国人と一緒に満州国を建国していると、日本はいいことをしていると思っていましたからね。」

——もう亡くなりましたが、富士宮の天野寛さん（(2) 幻の満州帝国 147頁参照）をご存じですか？ 満州で甘粕大尉のもとで特務機関で働き、今、お聞きしたような混乱の中を、変装、変名を使い、逃げ延びて、日本に帰還された歌人ですが。

「まあ、甘粕さんのもとで。じゃあ、その方は私をご存じだと思いますよ。会いたかったわ。というのはね、甘粕さんは満州映画会社を作ったのです。李香蘭などの映画を撮った『満映』、ご存じ？ そう。その満映の嘱託医を姉と私がやってたんです。あの方、大杉栄を虐殺したりしましたが個人的にはいい人でした。甘粕さんは確か熊本出身でうちが鹿児島ですから、兄のつてで嘱託医になったのだったと思います。面白いことに甘粕大尉の下には日本の共産党の人がいたのですよ。」

——それからどうなさったのですか？

「戦争に負けて、毎日歩いて歩いて奉天に行ったんです。奉天から飛行機が出るので日本に帰れるという情報があったから。でも、奉天に着いたとたんにそれはダメになっちゃった。仕方がないから私は医者を止めて、顔に泥を塗って炊事婦になって皆のご飯を作った。主人は中国がアメリカの車をいっぱい持っているようだから、それを修理しようと言って。十人くらい行動を共にしていたのですが、彼らに車の修理を教えましてね。

以前、私の患者だった中国人が奉天に出てきて私を見たらしい。内通があって甘粕大尉の部下の共産党員が私を迎えに来ました。その人が、ぜひ共産党に協力してくれとね。患者さんを診る協力だというから、それならやりましょうと言って、給料をくれるのかと聞いたら、もちろんだと言うのでね。お給料、なかなか良かったですよ。

それで病院に勤めたのですが、患者は全部日本人。開放性の結核の患者ばかり診ました。奉天には昭和二十三年から五年間いました。ここで三人の子を産んでいます。

今しか子どもは産めないと思い、こんな開放性の結核患者ばかりだと感染する危険性があるので病院を辞めて、台湾人の医者が開業している医院に勤めさせてもらって、そこで二人目を妊娠したのです。沢山の医者や看護婦が感染して死にましたよ。

子どもは主人が仕事を教えていた技術者の奥さんたちが育ててくれたの。ほんとに小説みたいだけど、我ながらよく生きてきたと思っています。」

――医者ではなく技術者で残された女性はいたのですか?

「いえ、いませんでしたね。わざわざ戦争なのに満州へ行く人なんていないですよ。どんな病状かを聞くのに辞書を引き引きロシア語とドイツ語をちゃんぽんにしてソ連人とも話をしたのよ。かえって中国語が覚えられないのですよ。通訳がいるのでつい頼ってしまって。

昭和二十八年になって、日本人会に、日本との話し合いがついたから帰国してもいいと言ってきた。それもね、中国側が一次、二次、三次と決めちゃうんですよ。だからその時主人は中国に必要だということで帰れなかった。車の修理ができる人、機械関係の人は皆残されたのです。

私は昭和二十八年の八月に帰ってきたのですが、主人は何ヶ月か後になりました。私の父など、政府に対してものすごい運動をしたようでした。今の拉致被害者の家族の方たちみたいにね。でも、ほんとに生きてて良かった。

けれども鹿児島の指宿に帰ってからがまた大変でした。満州で助かった兄が市長をしてたの。健康保険というのが出来た頃で国民保険の病院を作ってくれというので、ご飯を食べる暇もなくて。乗り物もないので自転車を練習してね。けれども自転車では間に合わないので小さい自動車を調達してね。」

――どうして静岡へいらっしゃったのですか？

「主人が静岡市の池田の人なので、昭和三十年にはここへ来ました。それから静岡中央保健所に十年間勤め、予防課長でまた結核を診ました。でも鹿児島よりお給料が安いので大変でしたよ。（笑）」

――甘粕大尉とのツーショットはないでしょうか？

「ないわねえ。だいたい写真機もフィルムもないのですもの。撮っておけばよかったわねえ。それにしても甘粕さんの下で働いていたという天野寛さん、お会いしたかったわね。」

――今日は貴重なお話を伺わせていただきましてありがとうございました。


（二〇〇五年七月十六日　聞き手　佐久間・美濃）

＊満映　満州映画協会、略称「満映」。昭和十二年、当時日本が「満州国」と呼んで植民地支配を行っていた中国東北部の新京（現長春）に、満州国の国策映画会社として設立された映画会

＊卡子《チャーズ》　「第二次世界大戦終結六十年記念作品」

『みつかめ静岡』（H17・7）

予告無く　日本軍逃亡せり　赤十字の腕章つけ　露軍患者の
　来診に応ず
物品略奪の　限り尽して　ソ連軍去り　蔣介石軍入国に　束

の間の平和
共産軍　来襲すとの　噂ながれ　蒋介石軍　ざわめき始む
両軍の　熾烈なる弾丸《たま》に　住民右往左往　逃げ場なく　唯
奇声聞ゆるのみ
腹這いつつ　蓬・はこべ・露草食ぶ　楡の木の葉は　既に食
べ尽され
米機より　落とされし米袋　散らばれり　拾う難民は　撃た
れ死にたり
共産軍陣地　食物豊富の　噂ながれ　難民ら動き始む　暑き
八月
行く手には　卡子とう広場有り　検問きびしく　難民の飢え
死に多し
一杆の　卡子を匍匐前進す　難民われらの　夜明けの逃亡
両軍の　発砲光飛び交うなか　助け叫ぶ　中国難民の　出産
介助に向かう
産声に　両軍の弾丸《たま》　交叉止み　われは腹這い　群れに戻り

社。理事長・甘粕正彦。「満州国」を作るにあたって特務機関の責任者として大いに暗躍した

八路軍兵士　『勿忘九・十八』

＊チャーズ　共産党による国民党掃討最後の舞台が新京で、国府軍は八路軍に包囲された。当時新京には、中国政府に留用され

ぬ

荷を引きずり　向う岸まで　生き延びんと　飢えも乾きも
忘れて喘ぐ

卡子にての　出産介助を　見しゆえか　われら十人に　軍門
ひらく

粥啜り　久びさに満腹　覚えたり　すすき穂の風は　早秋の
もの

われの着物　売り捌く友の声　群肝《むらぎも》にひびく　秋の朝焼け

回想　『みつかめ静岡』（H18・5）

検問所前に　重なる屍体の　見開ける　乙女の眼《まなこ》に　集《たか》りい
し蝿

仏の座・ごぎょう・はこべら　名も知らぬ　草々食べて　命
繋ぎぬ

空家探し　ようやく古寺　見つけたり　泥靴脱ぎ捨て　どっ
かと坐る

た技術者や学者とその家族約八百名の日本人が残っていた。両軍の狭間には「チャーズ」と呼ばれる鉄条網で区切られた緩衝地帯があり、国府軍側、八路軍側ともに関門を設けていた。市民は包囲から外に逃れようとするが、八路軍は関門を容易に開けようとせず、十万余にのぼる人々が餓死したといわれる。

中国国民党は一九一九年孫文らによって結成された。中国共産党は一九二一年に成立。

はじめコミンテルンの仲介で第一次国共合作を行うなど、両党は国民革命に向けて共同歩調をとっていた。しかし、蒋介石の上海のクーデターで国民党は抗日より反共を重視するようになる。一九三七年の日中戦争勃発後、紅軍（共産党軍）が国民革命軍第八路軍（八路軍）として形式上は国民党軍の指揮下に組み込まれ、第二次国共合作に入っ

鍋墨塗り　炊事婦に化けし　医者われを　見破る者あり　元患者なり

米野菜　買いに出でたる　元医者の　われは共産軍に　通報されたり

日本人　共産党幹部　突然来て　直ちに病院　勤務を命ず

結核に　苦しむ乙女ら　多けれど　治療薬ナシ　暗澹となる

「マルクス受講」　義務付けられし　一時間半は　上の空にて　診療始む

来診の　中国婦人に　抱かれたる　日本人孤児多く　胸つまる

隔月に　米一俵を　贈らるる　素蘭氏度々　来診の礼に

苦しかりし　吾が世帯二十一人　素蘭氏の米に　息をつきたり

匿名の　中国人患者の　持ち来たる　卵は百個　窮乏の吾が家へ

た。

日本の敗戦後に中華民国は戦勝国となり、国際連合の常任理事国となった。しかし共通の敵を失い、国民党と共産党は再び対立へと転じ、内戦を再開。その結果、農村部を中心に国民党の勢力は後退していき、共産党が勢力を盛り返し、最終的には毛沢東率いる共産党が中華人民共和国を成立させた。国民党の指導者蒋介石は台湾島一帯へ退却した。

新京（現・長春）の満鉄社屋
『勿忘九・一八』

# （7）外地を流転する　―高橋彌三郎―

北洋漁場に向かう独航船　　『写真週報』（S14.8.16）

高橋彌三郎さんは1916（大正５）年、秋田県仙北郡生まれ。尋常小学校を卒業する前に奉公に出た後、東京へ出奔。いくつかの職を渡り歩いた。沼津にあった貝作商店の仕事で1932（昭和７）年から下田に移った。18歳で短歌結社「菩提樹」の前身の『ふじばら』に入社。主宰・大岡博の厚遇を受け、終生深い恩愛を抱きつづけた。

1938（昭和13）年、漁船に乗りサイパンへ。その年の９月応召。北満国境へ。1941（昭和16）年初め帰還し、兄の仲立ちにより*北洋漁業に。1943（玿和18）年再び応召し、1946（昭和21）年にようやく復員。

戦後は貝を売り歩き、のち、豆腐屋を営み、ラッパを吹き行商。自分が作る豆腐に誇りを持ち、仕事にいそしむ人であった。死ぬまで秋田弁を通し、誠実で人なつこく、働き者であった。

74歳で永眠。

サイパン島　『菩提樹』（S13・8）

我が捕りし　三十五貫の　大亀は　あわれ今宵の　食になり
しかと

波の穂に　朝陽はぬるく　さしいでて　大海原に　鯨うかべ
り

（北満派遣）『菩提樹』（S15・1）

敵すでに　起きいるらしも　まだきより　騎兵部隊の　走り
いる見ゆ

将校当番雑作

「寝て居れよ」　言われて入る　絹蒲団《きぬふとん》　柔らかにして　心地
よきかな

（北満派遣）『菩提樹』（S15・1）

吾が妹《いも》が　手紙のなかに　送りきし　楓の若葉　紅き色して
「歩哨々々」と　呼ばわる声の　真暗内《やみうち》に　あやしく乱れ

**＊北洋漁業**　日露戦争に勝利し、日露漁業協約が結ばれると、日本人がロシア領土内の漁区を借りてサケマスを獲るようになった。その結果、北洋漁業が盛んになり、日本の漁業会社がロシアで獲れたサケマスを加工し、国内のみならず海外へも輸出していた。『蟹工船』には、違法ぎりぎりの操業に海軍の駆逐艦が護衛したという記述がある

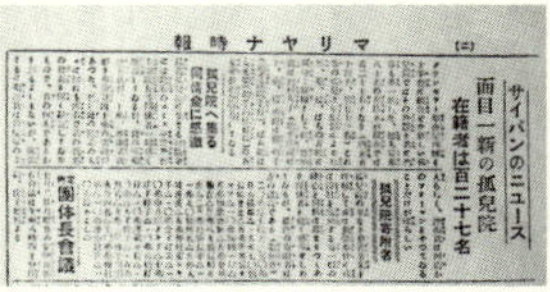
マリヤナ時報　（二）

サイパンのニュース

面目一新の孤兒院
在籍者は百二十七名

孤兒院寄附者

團体長會議

マリアナ時報（サイパンニュースの記事がある）
静岡平和資料館をつくる会提供

近付きて来る　春光の　あまねく照らせ　向つ山は　敵の山なり　静かなれども

騒がしく　吹く春風の　中にして　対空監視に　我は立ち居ぬ

（北満）『菩提樹』（S15・6）

ごうごうと　肌さす風の　夜半吹きて　敵なる街の　灯《ひかり》とぼしき

（北満）『菩提樹』（S16・2）

山腹に　赤き火上ぐれば　狼ら　逃ぐると言いて　戦友《とも》は火を焚く（冬季演習）

（北満）『菩提樹』（S16・3）

行く行かぬ　兵の語りは　常なりき　同じ思いに　吾も語りき

北の歩哨
『写真週報』（S14・3・22）

戦さより　生命残りて　帰り見る　伊豆の浜辺の　月のかがやき

『菩提樹』（S18・1）

われ戦地に居りし頃　苦楽を共にせし工藤軍曹　いま曹長となりて　帰郷休暇を得、伊豆に遊べるを　偶然この町の一角に会う。秋田の者同志が　秋田にて会うは　不思議ならぬに　三百里も離れたる　奥伊豆の事なれば　嬉しも嬉しも。

『菩提樹』（S18・2）

戦地より　休暇で来しと　言う工藤の　顔黒々と　眼のするどさよ

二人いて　語れば共に　故郷の　言葉となりて　声高まりぬ

（秋田）『菩提樹』（S18・11）

＊**支那焚き**　「湯立て法」のことか。最初に熱い湯に米を入れ、半煮え状態にしたものをザルに上げ、水で洗ってネバネバを洗い流してから蒸す。主として中国華北で今でも日常やられている

召されゆく　日も近からむ　妻よこの　我が生業《なりわい》は　継ぎて
ゆくべし

人里に　一人残して　来し妻は　吾を恋いしみ　思い居るら
ん

『菩提樹』（S21・6）

粟粥を　すすりて待ちし　引揚船　大連港に　今朝を入り来
る

再びは　来る日なけんと　大連の　吹雪の中を　埠頭に歩む

資本金　とぼしけれども　帰還《かえ》り来て　こつこつ己が　商売
始む

『菩提樹』（S21・8）

もろこしの　パン食い馴れし　七年の　満州語る　妻と夕餉
に

高粱《コーリャン》の　調理に困りいる妻に　*支那焚きの法を　こまごま

**＊三つ星**　上等兵を意味する。陸軍では、兵の最上位で、一挙手一投足を見習わなければならない最古参の「先輩」であった。上等兵になれる者は，同年兵の四分の一程度といわれる

**大連港**　『大連舊影』

語る

終戦頃大連にて　『菩提樹』（S28・8–9）

七年の　肩の*三つ星　むしり取り　逃げんと決めたり
*紅軍来ぬ間に

ひとにぎり　百円と言う　落花生　買いて食べつつ　服立ち
売りぬ

餓え尽きて　死にゆく人の　日に百を　越ゆるとし聞く　大
連市中に

菰《こも》に巻き　運ばれてゆく　幾つかの　死体に今日も　行き会
いにけり

*紅軍　第一次国共内戦期の一九二七年に中国共産党が組織した革命軍。一九三七年の日中戦争勃発と共に国民革命軍第八路軍および第四軍に 改編された

乗り合い馬車　『大連舊影』

## （8）学徒動員の青春　―山田震太郎―

出陣の東大四千学徒壮行会　『写真週報』（S18.11.24）

1924（大正13）年、静岡県磐田市に生まれた山田震太郎さんは、中央大学法学部に学んでいる時、勤労動員で新潟市へ。オーストラリア兵の捕虜と共に働くという経験をした後、現役兵として岐阜歩兵第68連隊へ入隊した。すぐに病を得て軍病院に入院し終戦にあう。

大学に復学したが、結核が再発し、国立療養所天龍荘に入る。療養中に天龍荘にあった短歌結社『萌黄』に入会し、月に１回「国民文学」の白井善司に短歌の指導を受けた。そのころ近藤芳美の歌集『埃吹く街』と出会い短歌結社「未来」に入会。歌集に『神の目の藍』『ユウアンゲリオン』がある。現在、短歌結社『翔る』の主宰者。

掲載50首は本書のための書き下ろし。

昭和十八年十月二十一日神宮外苑競技場にて*出陣学徒壮行会

秋の雨　はげしく降れり　ぞくぞくと　小銃肩に　集いし三万人

東条首相に「かしら右、なおれ」の　分列行進　果てなく続く

その朝を　万葉集を　読みて出づ　ああ戦場は　いかなる所か

壇上に　出陣の辞を　読みたるは　東大文学部学生　瞼に消えず

年齢《とし》一つ　若きが故に　出陣を　見送る側の　スタンドに雨

壮行会より　還りきたりて　出陣の　適《かな》わざりし身を　ほろほろと哭《な》く

友らみな　兵となりたり　刑訴法の　講義に四人　広き教室

冬の日の　校庭にいで　語り合う　召集令状　いつ来《きた》るやと

食券を　持ちて食堂に　来たれども　すでに売り切れ　十二

***出陣学徒壮行会**　昭和十八年十月、大学生の徴集延期が廃止され、満二十歳以上の学生は全員徴兵検査を受けることとなった。徴兵検査に先だって、明治神宮外苑において出陣学徒壮行会が実施され、三万七千人の入営予定者をはじめ七万人が雨の中を集まった。十二月には徴兵適齢が十九歳に下げられたため、また多くの学生が出陣していった

時五分
空腹に　苦しむわれは　渋谷の町　雑炊一杯に　救われたりにき
スタンドの　灯りの下に　本を読む　無上のよろこび　ついに失なう
サイパンの　空に出撃　戦死せし　森脇誠二郎君　軍神となる

　昭和十九年十月勤労動員令により新潟県高田市へ

大学生　我等五十名　はろばろと来つ　寒き高田へ
りんごのみは　食えるだけ食えと　言う言葉　宿舎の席に笑顔あふるる
赤倉は　すでに秋色　われらきて　熱き温泉に　脚をのばしぬ
ホテルにも　スキー場にも　人居らず　敗色濃き国　紅葉に入る

図書館での勉強風景
『写真週報』（S18.11.24）

工場は　直江津にありて　赫赫と　熱されし鉄を　ロールに運ぶ

圧延工と　なりしわれらは　高熱の　鉄にし向かう　鈎棒もちて

噴き出ずる　汗はぬぐえず　次々と　くる鉄塊の　灼熱おそう

圧延工　われらにまじり　*オーストラリア兵捕虜　黙々として

半裸なる　白き肌《はだえ》に青色の　入墨ひかる　捕虜のおりたり

よく見れば　刺青をせし　者多し　背高く肌をさらして

必ずや　休憩をし　コーヒーのみ　捕虜らおりたり　工場の中

飲むものは　コーヒーなるや　お茶なるや　コップをもちて　捕虜ら立ちゆく

高熱の　作業にあれば　捕虜たちも　われらも共に　塩をなめ合う

**＊オーストラリア兵捕虜**　日本軍は昭和十七年にシンガポールの英国軍基地を攻略、十三万人以上を捕虜にした。このうちの一万五千人はオーストラリア兵で、ほとんどが東南アジア地域の日本軍収容所へ移送された。収容所での捕虜に対する扱いはひどく、三分の一は死亡。日本にどの程度送られ、労働に従事させられたかは分かっていない

香港でのイギリス軍捕虜
『写真週報』（S17.1.7）

母国語も　書けぬらしと　いう噂の　白人捕虜らを　まじまじと見る

昭和十九年十二月召集令状くる

電報あり「直ちに帰郷せよ　一月五日　岐阜第四部隊へ」

今にして　直江津より　故郷水窪へ　帰りし汽車の　旅思い出だされず

帰りたる　われを迎えて　壮行会　配給の酒に　人らの酔い合う

父もおり　母もおりたる　一月三日　父は突然　橋上に死す

ふるまわれし　酒に酔いたる　炭焼き人夫　渓流の橋ゆ　飛び込まんとす

人夫の足　ぐっと捕まえし　わが父を　脳溢血　にわかに襲う

山の上に　かつぎ上げたる　亡骸を　焼かんと穴に　炭を敷きつむ

学徒出陣記念写真　静岡平和資料館をつくる会資料・花田秀夫氏提供

父を焼く　炎見守り　出征兵士　山田震太郎　涙もいでず

岐阜第四部隊へ現役兵として入隊

新兵の　溢れあふれし　内務班　夜は整列　びんたの洗礼

顎をひけ　歯を食いしばれ　眼鏡とれ　*上靴《じょうか》びんたの嵐が見舞う

毛布にも　マットレスにも　虱いる　ことを知りたる　夜のおどろき

衣類をば　全部ひろげて　プスプスと　しらみをつぶす　戦友たちと

一分間入浴に　かけ入りし身に　しらみのあとが　焼けるがごとし

中国より　帰還せし兵ら　無口にて　大方寝そべり　放心の様

人殺し　女を犯しし　兵ならむ　時にするどき　眼を見する

医大生、東大生も　いる内務班　コーリャン飯を　ガツガツ

**＊上靴びんた**　「リンチの方法には、私が知っているだけでも、次のようなものがあった。ビンタ、整列ビンタ、往復ビンタ、上靴ビンタ、帯革ビンタ、対抗ビンタ、ウグイスの谷渡り、蝉、自転車、各班まわり、編上靴ナメ、痰壷なめ、食函かぶせ等々。以上だけでも、よくこれだけ嗜虐的なリンチを案出したものだと恐れ入るが、これ以外に私の知らないリンチがまだまだ数多くあったに相違ない。」（『私の中の日本軍』山本七平著　文芸春秋刊　より）

**＊銃剣術**　日本の伝統的な剣術や槍術をもとに、軍刀や銃剣による戦法が制定された。太平洋戦争末期ごろから終戦まで、主に男性を中心に行われた。竹槍

と食う

殺さねば　殺されるという　論理にて　*銃剣術に　人形を
刺す

伊勢湾を　北上し来し　艦載機　機銃掃射に　兵舎をおそう

たこつぼに　われら逃げ込み　過ごしたる　一分三十秒の
緊張

身のだるく　高熱なれども　背を正し　診察を受く　若き軍
医に

*肋膜炎　患者となりて　入院す　軍病院の　明るき室に

看護婦の　声のやさしさ　きびしさに　ああわれは人なり
涙をこぼす

天皇の　重大放送　御言葉の　ガアガアとして　何も分らず

（終戦）

米兵の　きたらば女を　すぐ逃がせ　抵抗するなと　ささや
ける声

（女性は薙刀）の訓練も、その内容は銃剣術であったという

**＊肋膜炎**　胸膜に炎症が起こり胸水のたまる胸膜炎のうち、結核性胸膜炎をこう呼んだ。症状は、発熱、胸痛、せき、食欲不振、全身倦怠などで、胸水の貯留量が多くなると呼吸困難を生じる

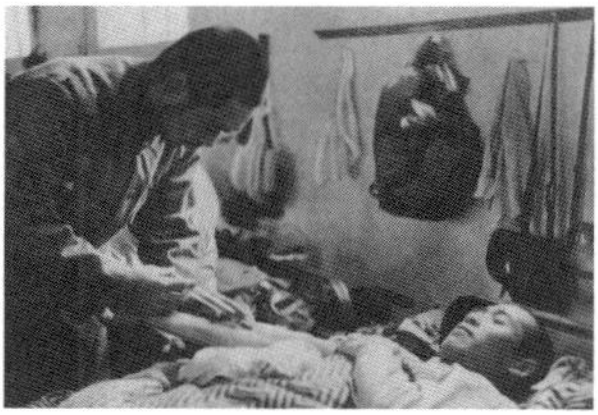

野戦病院
『写真週報』（S14.2.22）

# 十　傷痍軍人・結核療養患者たちの戦中・戦後

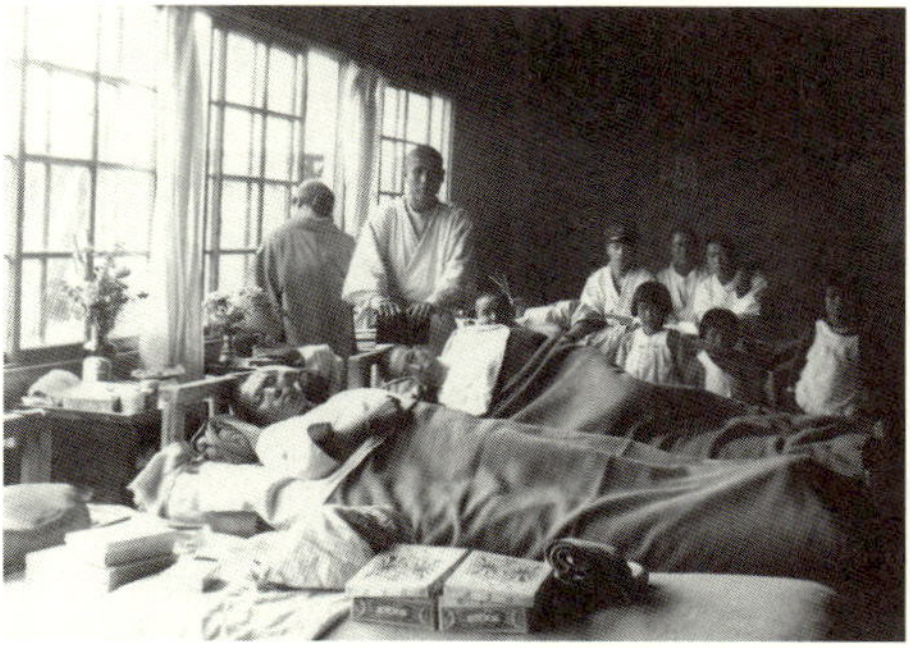

**静岡市の城内尋常小学校の隣にあった陸軍衛戍病院の病室**
**静岡平和資料館をつくる会提供・山梨龍平氏撮影**

軍関連の病院は軍事機密のため、その内容を外部に公表することはほとんどなかった。しかも終戦の時に資料を焼却したものが多く、戦時下の状況を知ることは難しい。そのために病院名、設立の年月、戦後引き継いだ病院名程度しか分からないものが大部分である。日華事変から太平洋戦争へと戦局が拡大するにつれて、従来の陸軍病院の増大ばかりではなく、傷痍軍人療養所や陸海軍共済病院も設立されるようになった。

静岡県下には、静岡陸軍（衛戍）病院、浜松陸軍（衛戍）病院、三島陸軍（衛戍）病院、東京第一陸軍（衛戍）病院熱海分院、湊海軍病院、大宮陸軍病院、傷痍軍人伊東療養所、傷痍軍人駿河療養所、東京第一陸軍共済病院、沼津海軍共済病院があった。

事変が拡大するにつれて、兵の徴集も増加したが、兵の体力低下が目立つようになった。殊に結核対策が重要視された。また静岡県は温暖なためか浮浪ハンセン病患者が多かったようである。ハンセン病の療養所としては神山復生病院があった。

天龍荘は、1940（昭和15）年、静岡県磐田郡二俣町西鹿島（後の浜北市）に、傷兵保護院所管の結核療養所として300床で設立された。翌年500床に拡充、1942（昭和17）年には傷痍軍人療養所天龍荘と名称変更。1944（昭和19）年には800床となった。戦後は再び結核患者のための国立療養所天龍荘となり、現在に至っている。

この天龍荘に天竜短歌会があり、短歌雑誌『天龍短歌』（のち『萌黄』と改名）を発行していた。また『アララギ』『菩提樹』などの短歌結社誌には、作者の在住地を「天龍荘」と記された短歌が何首も採録されており、戦争体験者の貴重な記録となっている。

三島陸軍（衛戍）病院は1918（大正７）年、三島町西岩崎に創設された。日華事変から太平洋戦争にかけて戦傷病兵の収容治療に当たった。1945（昭和20）年に厚生省の移管となった。

## （1）傷痍軍人たち

出口享一（北支〇〇病院）『菩提樹』（S15・1）

掌《て》に掬《すく》う　秋の日ざしは　やわらかく　吾が繃帯の　脚にも
遍《あまね》し

大いなる　槌もて搏《う》たれしと　思う瞬間《とき》　吾が太脛《はぎ》ゆ　血は
噴き出でぬ

出口享一（北支）『菩提樹』（S15・1）

久にして　みる吾が脛の　やつれつつ　癒えてのこれる　弾《た》
丸《ま》の痕かも

静岡大火の写真を見て

御下賜繃帯　おしいただきて　止どめあえず　涙流せしは
我のみならず

山下甲三郎（三島陸軍病院）『菩提樹』（S17・1）

工兵が橋脚の代わりになって仮橋を架ける
『画報躍進之日本』（S13・1）

ガバと伏せば　狙撃の弾の　烈しくて　吾しばらくは　息つ
まる如し

平井要（三島陸軍病院）『菩提樹』（S17・1）

人橋《ひとばし》を　架けて頭上に　礼《いや》を聞く　このまま沈むも　うれし
と言わん

山下甲三郎（三島陸軍病院）『菩提樹』（S17・12）

屍浮く　*クリークの水　掬い来て　飯炊《かし》ぐことの　常とは
なりぬ

踏みしだき　ふみしだき行き　上海の　稲稔る野に　砲列を
敷く

熟れ麦に　くずれ伏したる　敵兵の　黒き血潮に　陽は燃え
て居り

森　一雄（天龍荘）『菩提樹』（S18・2）

**＊クリーク**　排水や灌漑・交通などのために掘られた小運河。特に、中国の長江河口付近の水路をいう

クリークを渡る　『画報躍進之日本』（S13.1）

日傾きし　寒き河原に　兵隊の　架橋演習　つづけられ居り
年祝《ほ》ぎの　挨拶かわす　看護婦等　今朝は化粧《けはい》の　著《しる》く目立ちぬ

鴨川光毅（天龍荘）　『菩提樹』（S18・2）

幾日目か　煙草ゆるされ　艦橋に　昇れば潮の　香りにむせぶ
休息札　首に吊るしつつ　兵ら吾　三分間を　大き息吸う

夜間斥候　森　一雄（傷痍軍人療養所）　『菩提樹』（S18・4）

ガバと伏す　頭上かすめて　真後ろの　土塀に繁く　敵銃弾集中す
戦友《とも》二人　斃《たお》して猶《なお》し　敵銃弾　我が身辺に　しき跳ねかえる
報告の　任務残れど　重症の　戦友《とも》を抱えて　術《すべ》なかりけり

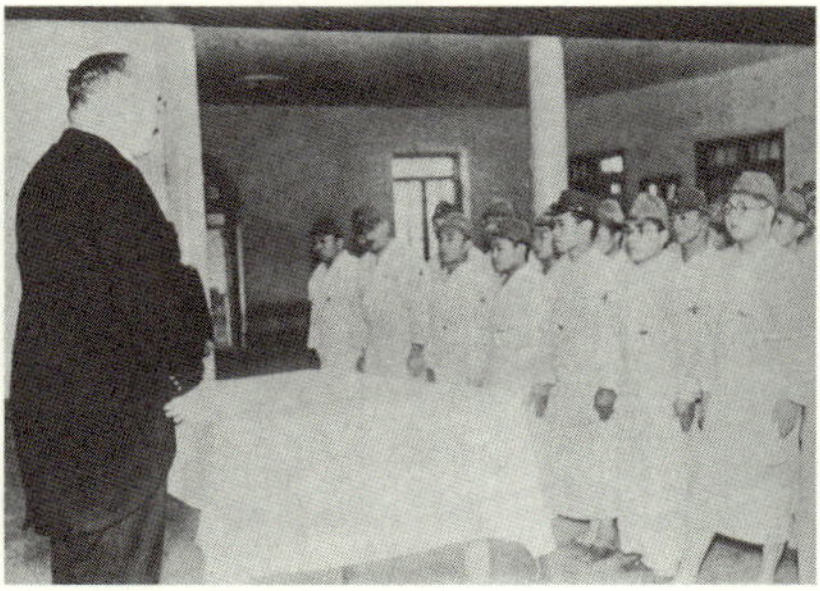

傷病兵を慰問する大臣
『画報躍進之日本』（S12・3）

たまきはる　命の際を　我が膝に　声にしならぬ　万歳唱う
斥候の　任果し得ず　今此所《ここ》に　我等四人の　武運盡きしか
掃蕩に　勢い出で行く　戦友《とも》どちを　見送りにつつ　城楼に
立哨《た》つ
ひた迫る　我が行動に　気付きてか　敵火激しく　闇に閃め
く
真後ろに　戦友《とも》甦る気配　感じつつ　唐黍畑を　一気に突走
る
見る限り　山また山を　追撃の　行軍続く　昨日も今日も
蜿蜒《えんえん》と　続く部隊の　先頭は　すでに山頂を　蟻の如行く
分解の　砲車かつぎて　登り来る　兵の顔々　汗に光れり

舵故障　鴨川光毅（天龍荘）　『菩提樹』（S18・4）

腰掛の　倒るる音す　受信機を　支えつつひたに　復原《ふくげん》を待
つ

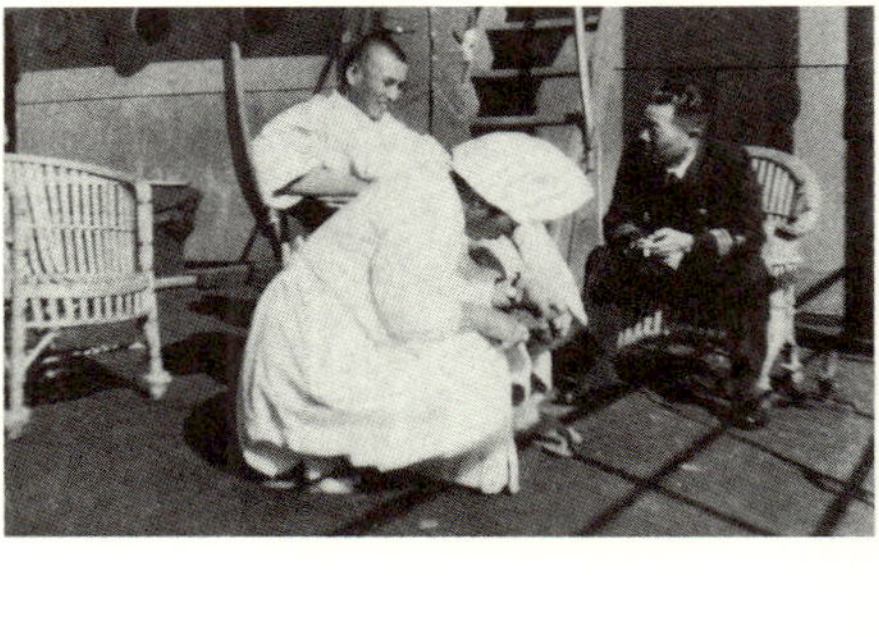

病院船の甲板で爪を切る看護婦
『写真週報』（S13・3・14）

鴨川光毅（天龍荘）『菩提樹』（S18・5）

ああわれ　*中馬中尉は　吾と共に　○○○に　乗りい給いき

艦内の　*楠公《なんこう》神社に　瑞々しき　榊葉ささげ　心さやけし

森　一雄（天龍荘）『菩提樹』（S18・6）

*朝香大将宮殿下の御来荘を迎えて

御挙手の　礼し給える　御姿を　*咫尺《しせき》に拝し　血潮凝《こ》る如し

昭和十二年南支那海封鎖　鴨川光毅（天龍荘）『菩提樹』（S18・6）

近よれば　ユニオンジヤック　掲げあり　歯を喰いしばり　急速反転す

我が艦の　蹴《け》たつる波の　広ごりの　其の果てにして　英船はゆく

**＊中馬中尉**　真珠湾攻撃の半年後、日本軍は特殊潜行艇三艇でシドニー湾を攻撃しようとした。中馬中尉の艇は、湾の入り口で防潜網にかかって発見され、自爆した。他の一艇も自爆、一艇は米戦艦を攻撃して湾外に脱出したが、その後は不明。豪州海軍は中馬中尉らを海軍最高栄誉葬で送ったという

**＊楠公神社**　楠木正成《くすのきまさしげ》をまつる神社。楠木正成は大楠公と呼ばれ、戦死を覚悟で戦地に赴く姿が軍人の鑑と賞された

**＊朝香大将宮殿下**　近衛師団長、軍事参議官などを歴任、後に陸軍大将まで進んだ皇族。南京入城式にも参加

**＊咫尺**　近い距離。貴人にお目にかかること

森　一雄（天龍荘）　『菩提樹』（S18・7）

赫々と　没り陽を受けて　戦友等　＊討匪行より　今し帰り来《く》

鴨川光毅（天龍荘）　『菩提樹』（S18・7）

北海の　はたての島に　二千余の　御魂が今も　戦うを思えや

篠原廣吉　『菩提樹』（S18・7）

飛びいだし　手をふり騒ぐ　児童らに　吾も機上ゆ　手をふりて応う

照準眼鏡に　大きく取込む　イ十六に　一連射あびせ　次の機求む

森　一雄　『菩提樹』（S18・7）

**＊討匪行**　十九世紀以降、中国では中央政府の支配が及ばない地方に、様々な武装勢力が出現、その中で反体制的・反社会的なものが匪賊と呼ばれた。盗賊・軍閥・抗日組織なども含まれている。中国支配を進める日本軍の鎮圧・討伐の対象となった

討匪行　『写真週報』（S14.3）

斑雪《はだら》　降りて寒き夕べを　向つ嶺の　対空監視塔に　人動く見ゆ

中根　直　　『菩提樹』（S18・7）

国あげて　戦う時し　三十路《みそじ》過ぎ　病める我が身に　春あわたゞし

前線に　三度の春を　迎えしと　戦友《とも》の陽灼けせし　面《おも》の目に顕《た》つ

朝香大将宮殿下奉迎の歌　菊地三朗

『菩提樹』（S18・7）

咫尺《しせき》の間　み顔拝して　忝《かたじ》けな　戦える国に　吾等病みつつ

森　一雄（天龍荘）　　『菩提樹』（S18・8）

＊八紘《あめがした》を宇《いえ》としなさむ　大御業《おおみわざ》　病む身の吾れも　私《わたくし》ならず

戦う赤十字　『写真週報』（S13.2.12）

**＊八紘を**　八紘一宇。神武天皇が橿原で即位した時の勅語の一節「八紘を掩いて宇と成さんこと亦よからずや」による。世界は一つの家である、という意味だが、戦時中は、日本を中心に世

杉山兵曹長戦死　　鴨川光毅（天龍荘）『菩提樹』（S18・8）

病む故に　生き残りいて　戦友の　死を聞くは苦しも　悪事せるごと

鴨川光毅（天龍荘）『菩提樹』（S18・10）

再起近く　なりて此の頃　世を思う　吾にわずかの　ためらいがあり

鴨川光毅（天龍荘）『菩提樹』（S18・12）

大アジア　一国一家の　如くあれと　叫ぶ比島の　代表*ラウレル

多治見弘司（天龍荘）『菩提樹』（S21・4）

むらぎもの　心たぎりて　泣きぬれし　病の床に　二年は経ぬ

界を統合する意味で使われ、戦争遂行のスローガンになった

衛生兵の活躍　『写真週報』（S14.2.12）

***ラウレル**　太平洋戦争中は日本に協力、東條英機首相が示したフィリピン独立の方針を受けた独立準備委員会で委員長として憲法を起草。日本の影響下にあ

御車を　つつみてなだれ　寄りゆくと　見えし人らよ　天皇陛下万歳

飯田　武（天龍荘）『静岡県アララギ月刊』（S21・8）

楽しみつつ　作り育てし　栗南瓜《くりかぼちゃ》　一夜に盗られぬ　八個盗られぬ

飯田　武（天龍荘）『静岡県アララギ月刊』（S22・1）

焼跡の　人等混み合う　闇市の　片隅占めて　菊の匂えり

加畑孝太郎『天龍短歌』（S22・10）

二十代を　兵と病に　虐げられ　得たる一つの　諦観あわれ

多治見弘司『天龍短歌』（S22・10）

あどけなき　みとり女《め》と思う　君にして　婦人開放論を　今宵読みおり

る国民議会によって共和国大統領に選出された。フィリピン共和国代表として大東亜会議に出席

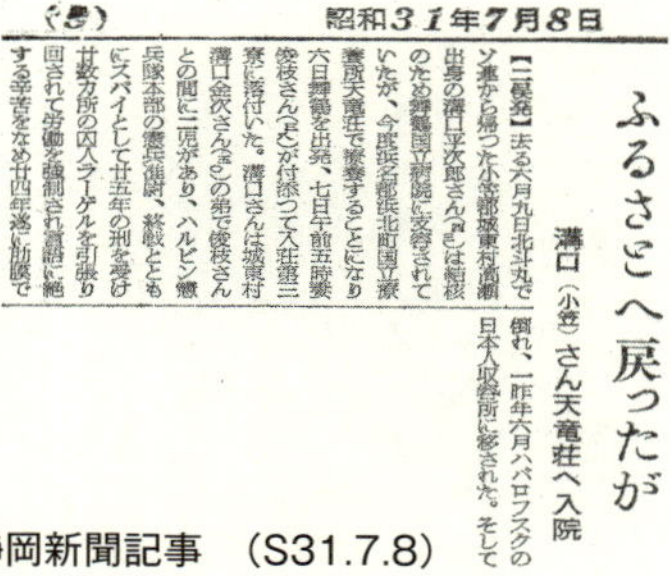
（5）　昭和31年7月8日

ふるさとへ戻ったが
溝口（小笠）さん天竜荘へ入院

【二俣発】去る六月九日北斗丸でソ連から帰った小笠郡城東村高橋出身の溝口平次郎さん（[illegible]）は結核のため舞鶴国立病院に収容されていたが、今度浜名郡浜北町国立療養所天竜荘で療養することになり六日舞鶴を出発、七日午前五時妻俊枝さん（[illegible]）が付添って入荘第三寮に落付いた。溝口さんは城東村溝口金次さん（[illegible]）の弟で俊枝さんとの間に二児があり、ハルビン憲兵隊本部の憲兵准尉、終戦とともにスパイとして廿五年の刑を受け廿数カ所の囚人ラーゲルを引張り回されて労働を強制され言語に絶する辛苦をなめ廿四年遂に肋膜で倒れ、一昨年六月ハバロフスクの日本人収容所に移された。そして

静岡新聞記事　（S31.7.8）

＊**紅い夕日**　『戦友』真下飛泉作詞・三善和気作曲の一節。厭戦

多治見弘司　『萌黄』（S23・5）

看護婦の　ストを非難し　止まぬ友　そこより吾との　大き
距離感

金原龍泉　『萌黄』（S23・4）

寡黙《だんまり》の　元一等兵　杜《もり》かげに　*紅い夕日の　唄うたいおり

丸山保依　『萌黄』（S23・6）

一ヶ月　*四百円の　恩給は　一ヶ月の　主食補給費にもな
らず

吉田一成　『萌黄』（S23・7）

終戦より　残りしものは　ただ三人《みたり》　退荘《かえり》し戦友《とも》を　侘びし
く送る

気分をあおるとして、軍部は出征兵士を送るとき唄うことを禁止したという

ここは　お国を何百里
離れて遠き　満州の
赤い夕日に　照らされて
友は野末の　石の下

***四百円**　米十キロは昭和二十二年に百五十円、二十五年には四百四十五円になっていた

***戦犯判決文**　東京裁判の戦犯判決文は英文で千二百十二ページにのぼっており、膨大な量のため読み上げに七日を要したという。昭和二十三年十一月十二日に刑の宣告を含む判決の言い渡しが終了した。絞首刑 七人・終身刑 十六人・有期禁固刑 二人・判決前に病死 二人・訴追免除 一人という内容だった

加畑孝太郎

軍医時代の　残る礼《いや》して　鞄おく　君は背広の　今日若き医
師

『萌黄』（S23・8）

鈴木芳一

雑草を　喰いてつなぎし　生命なり　還り来し今　われは癒
えたし

『萌黄』（S24・3）

多治見弘司

常よりも　早く灯を消し　寝るわれら　誰も今日の　*戦犯
判決文に触るることなく

『萌黄』（S24・2）

*共産党の　進出を告ぐる　選挙速報を　聞きて帰り居る
火の気なき病室

『萌黄』（S24・3）

革命と　言えど君にも　懐疑ありき　義足を重く　引き帰り

**＊共産党の進出**　昭和二十四年一月の衆議院選挙の結果は、新憲法施行後の初めての選挙だった。民主自由党（総裁・吉田茂）が二百六十四議席を獲得して大勝。池田勇人・佐藤栄作らが初当選している。他方、社会党離れにより日本共産党（書記長・徳田球一）は三十五議席を獲得し、躍進した

陸軍病院での面会　静岡平和資料館をつくる会資料・原口清氏提供

ゆく

## (2) そのほかの療養歌人たち

二・二六事件　明石海人　*『日本歌人』(S11・9)

叛乱罪　死刑宣告　十五名　日出づる国の　今朝のニュースだ

死をもって　行うものを　易々と　功利の輩が　あげつらいする

*明石海人　『白描』改造社（S14・2・23発行）

日支事変酣《たけなわ》に　職員看護婦相つぎて出征す。

世は今し　力を措《お》きて　事は莫《な》し　ますらを君を　往けと言《こと》祝《ほ》ぐ

顧みて　惧れけなくに　盲《めくら》我　戦況ニュースを　むさぼり聴

長島愛生園本館　『海人全集』(皓星社版)

**＊日本歌人**　前川佐美雄主宰の『日本歌人』昭和十一年九月号は、明石海人が投稿した二・二六事件の二首により、発禁処分を受け、前川は罰金刑を科せられた。

きつつ
南京落城　祝賀行進の　日取りのびて　固くなりたる　饅頭をいただく
島にも防空演習の行はれて
鳴り出ずる　サイレンに次ぐ　非常喇叭《らっぱ》の　やがて外面《とのも》に足音さわぐ
防空演習の　警笛《サイレン》ひびく　朝の縁に　また会いがてぬ　人と別れぬ
警笛《サイレン》は　夜天に鳴れど　鳴り歇《や》めど　い這い転伏《ころぶ》し　わが喘ぎ咳く
明石海人
『短歌研究』（S14・8）
鳥は啼け　兵はたたかえ　女は産め　われは天日《てんじつ》　たかきを悪《にく》む
谷野しづ
『天龍短歌』（S22・10）

その事件が起きるまで明石海人の本名、年齢、いかなる場所に住むかも知らなかった前川佐美雄は、もし出来得ればあなたのことを教えてほしいと丁寧な手紙を送っている。その返信で明石海人が長島愛生園に暮らすハンセン病患者であることを知った前川は、「お手紙ありがたく、近頃これくらい感動したことはありません」「生きられるだけ生き、生きられる限り歌いつづけてほしい」と、心情のこもった言葉を綴っている

***明石海人**　明治三十四年沼津市生まれ。静岡師範学校本科を卒業。二十五歳頃ハンセン病を発病し、妻子と別れ、明石第二楽生病院、のち瀬戸内海に浮かぶ岡山県立長島愛生園に入園。

吾子《あこ》二人　逝きしに又も　夫《つま》死すと　公報入りぬ　病み臥す吾に

泣くでない　数あることよ　嘆くなと　励ます母も　すすり泣きいる

戸塚進市　『萌黄』（S23・3）

闇商も　なすらしき家に　女婿《むこ》となり　勤務先をば　よく休む友

野村重治　『萌黄』（S23・5）

配給の　アメリカの菓子　手にとりて　子どもの如くに　喜ぶ療友《とも》ら

川上空重　『萌黄』（S23・5）

配給の　鉛筆二本　進級の　吾子《あこ》に送れり　病む父我は

失明、喉の切開に耐え、最後の四、五年間、歌壇で活躍した。昭和十四年、三十八歳直前に死去

静岡県天城湯ヶ島町　戦死した息子の日の丸が三十年ぶりに母の元に（S41・3）（静岡新聞）

守谷慎男

取り壊す　すべは知れども　焼け跡に　門柱残す　老いし父はも

『萌黄』（S23・5）

斎藤　功

*トーキーを　知らぬ療友あり　吾もジープを知らず　ただ病みに病む

『萌黄』（S23・7）

竹山良平

米飯の　上に二切れ　ハムがあり　昭和二十三年の　*天長節にて

『萌黄』（S23・7）

渥美　孝

ラジウムを　爆弾の中に　守りたる　記憶を語る　この看護婦は

『萌黄』（S23・7）

米軍ジープ
大崩海岸にあった旧道トンネルより
静岡平和資料館をつくる会資料
米国立公文書館蔵
工藤洋三氏提供

斎藤甲司

祖父の代に　米麦等を　積み置きし　白壁土蔵に　人の住み居り

『萌黄』（S23・9）

竹山良平

進駐軍の　歯磨き粉なれば　珍しく　辞引傍《かた》えに　＊ディレクション読む

『萌黄』（S23・9）

渥美昌芳

シベリヤより　帰りし旧軍医に　慰められ　涙垂らしいる　結核患者われ

『萌黄』（S23・12）

**＊トーキー**　音声と映像が連動した映画のこと。サイレント映画（無声映画）の対義語として呼ばれた

**＊天長節**　天皇誕生日のこと。昭和天皇の場合は四月二十九日

**＊ディレクション**　使用説明書のことか

土蔵に暮らす（S20）（静岡新聞）

# 十一　辞世のうた　―陸軍中野学校・二俣分校の一期生たち―

陸軍中野学校二俣分校

陸軍中野学校二俣分校の全景。“スパイの学校”陸軍中野学校の分校として二俣町（現浜松市天竜区二俣町）に昭和19年９月開設された。本土決戦をにらんだ遊撃戦（ゲリラ戦）の幹部育成のため１期３カ月の促成教育が行なわれたが、昭和20年８月15日の終戦により僅か１年足らずでその役目を終えた。

１期生220人余は、卒業に際し井伊宮（浜松市北区引佐町）に詣でて辞世を詠み、朝鮮、台湾、中国やフィリピン、インドネシア、ベトナムなど南方各地へと赴いていった。任務によっては戸籍を捨て家族をも捨て、敵に占領された島々に潜り込み敵の情報収集にあたった。終戦後も現地に留まり独立運動に協力し、ゲリラ指導にあたった者も少なくない。戦後29年経ってフィリピン・ルバング島で発見された小野田寛男さんも二俣分校１期生の一人だ。

陸軍中野学校は一九三八（昭和十三）年七月、スパイ養成機関として「後方勤務要員養成所」の名で東京・九段に開設された。翌一九三九（昭和十四）年四月に東京・中野に移転。一九四〇（昭和十五）年には陸軍大臣直轄となり、名称も「中野学校」となった。学校の名は秘密とされ、校門には「陸軍通信研究所」の表札が掲げられていた。陸軍内部では東部第三十三部隊と呼ばれ、その存在を知るものは限られていた。一九四一（昭和十六）年から参謀本部直轄となり、終戦間近の一九四五（昭和二十）年四月には群馬県富岡町に移った。

学生は幅広い知識と型にはまらない柔軟な思考が必要とされ、創立当初は一般大学を卒業した予備士官学校出身者だけだった。その後、陸軍士官学校出身の将校も採用され、また教導学校出身の下士官も招集、教育した。

二俣分校は本土決戦に備えた遊撃（ゲリラ）戦幹部育成のため、一九四四（昭和十九）年九月、磐田郡二俣町（現浜松市天竜区二俣町）に開設された。教育機関は一期三カ月。二俣の地が選ばれたのは近隣に丘陵や河川があり、訓練に適していたためとされる。表向きは「陸軍二俣幹部教育隊」という名で、それまであった架橋演習の豊橋工兵大隊の廠舎を使用したことから、地元では幹部教育隊もしくは工兵隊と呼ばれていた。終戦時は四期生が在籍、徹底抗戦を主張したが分校長の訓示で全員原隊復帰となり、わずか一年で閉鎖となった。

「捕虜になっても構わぬ、絶対死ぬな。捕虜になったらなったでニセ情報を流せ。生きて生き延びて任務を続けろ」。生きて捕虜の辱めを受けず―と常に死ぬことを求められてきた軍人にとって〝スパイの学校〟中野学校の教えは、まさに天地がひっくり返るほどの驚きだったに違いない。

授業内容も潜入、偵察、謀略、宣伝、破壊…今まで教わったこともなければ聞くことすら初めてのものばかり。工場に行けば何を作っているのか、車の出入りは一日何台か、どこを攻撃すればストップできるか、警備はどうなっているかなど細かく情報収集し、橋を通れば鋼材の厚さ・長さを測り、爆破する火薬の量を計算した。警察にわざと捕まって留置場の中で情報を集めたり、浜松の百貨店の売り場で花瓶にこっそり手紙を入れて仲間と連絡を取ったりもした。

長髪、私服で外出する教官。隊列も組まなければ敬礼もしない生徒。あの人たちほんとに軍人さん？　二俣の住民も不審に思ったという。話をすれば気さくで住民にも溶け込むのだが、自分自身のことや部隊については決して口にしなかったという。

三カ月の促成教育を終えた卒業生は国内のゲリラ戦指導に、また朝鮮、台湾、中国やフィリピン、ベトナム、インドネシアなど南方へと派遣されていった。ジャングルの中から敵の情報を送る者。特攻隊として米軍支配下の沖縄の飛行場に奇襲を掛け、玉砕した者。戦争が終わった後も現地に留まり独立運動に協力し、ゲリラ指導にあたった者も少なくない。

『俣一戦史《またいちせんし》』 陸軍中野学校二俣分校第一期生の記録

俣一会

緑垂るる　神のやしろに　ぬかずきて　皇統の護持を　誓い
まつらん
森井重次（兵庫・戦死）

今ヤ起ツ　我等ノ決意　愈々固ク　一死必ズ　君国ニ報イン
日比通夫（滋賀・戦死）

城山の　もみじあやなす　紅に　しのびて征《ゆ》くや　南防人
岸本啓治（鳥取）

苔むせし　御跡し今年も　訪《おとな》えば　秋は廻りて　もみじ照り
映ゆ
阿部忠秋（埼玉・戦死）

天皇《すめろぎ》の　皇祖《こうそ》守りて　征《ゆ》く道は　永久《とわ》の世迄も　何朽つるべ
き
原田宣章（鳥取・戦死）

君のため　世の為生きし　御跡《おんあと》に　続き申さく　誓い深まる
安原章治（静岡）

*井《い》伊《い》谷《や》の　遠き御霊《みたま》に　我は泣く　今たゝずして　何時《いつ》

陸軍中野学校二俣分校校趾碑

***井伊谷宮**　浜松市北区引佐町井伊谷にある神社。祭神・宗良親王は、後醍醐天皇の第四皇子で今から六百五十余年前の南北朝時代、井伊谷を本拠に吉野朝のために活躍した。静岡県内では

か報いん
瀧戸譲治（静岡・戦死）

*親王の　御墓の前に　ぬかずきて　吾は米鬼を　断じて撃たん
金井茂美（静岡・戦死）

若桜　散らす時こそ　来たりけり　赤き血潮ぞ　清き流れぞ
丸山義雄（長野・戦死）

神さびし　井伊谷の宮に　詣できて　わが進むべき　道示されにけり
今村源司（静岡）

賤《しず》が身に　熱き血潮を　たぎらせつ　今井伊谷の　宮をおろがむ
小野田寛郎（和歌山）

井伊城の　御《お》志《こころざし》を　我が胸に　いざこえ征かん　国のまもりに
村越謙三（静岡）

大いなる　みわざに八十《やそ》の　御《み》苦しみ　井伊谷の森の　くれないの色
細川昌史（鳥取・戦死）

君の為　いざ散り往かん　もみじ葉の　今日の嵐に　遭うぞ嬉しき
加藤　信（埼玉）

皇国に　うまれし幸を　今思う　御国に尽す　秋ぞ来にけり

数少ない官幣社という格式高い神社である

**＊宗良親王**　歌道の家であった二条家出身の母から生まれたことにより、幼い頃から和歌に親しんでいたといわれる。父後醍醐の鎌倉幕府倒幕が成功し、建武の新政が開始されると天台座主となるが、南北朝の対立が本格化すると還俗して宗良を名乗り、南朝方として活躍をするようになる。

　一時期、井伊谷の豪族井伊道政のもとに身を寄せるが、井伊谷城が落城した後は、秋葉街道の中心に位置していた大河原（現、長野県大鹿村）に移り、約三十年間にわたり拠点とし「信濃宮」と呼ばれた。

　南朝方の敗北後は吉野で再び

小島保一（三重・戦死）

井伊谷の　もみじ葉互《かたみ》に　持ち帰り　今日の誓の　あかしともせん

渡邉秀雄（群馬・死亡）

大君の　御楯となりて　果つる身ぞ　何か惜しまん　軽き命を

田中義之（鹿児島・戦死）

城山に　*建武の昔　しのびつゝ　御歌したいて　我は出でたつ

森口　繁（京都・戦死）

尋ね来て　御霊《みたま》の前に　ぬかずけば　秋風わたる　宮のさびしさ

木村幸一郎（大坂・死亡）

もみじ葉の　散るが如くに　なるまじと　諭されし地　いま紅なり

安藤　弥（静岡・戦死）

国の為　征かん此の身は　もみじ葉と　深山《みやま》の谷に　燃えさかるなり

斎藤義男（新潟）

あな尊《とうと》　かくもわびしく　神います　紅葉に色濃き　井伊ノ谷の杜

谷内田勝衛（宮城）

紅葉野の　井伊谷の御跡に　ひれふしぬ　散って護らん　国

出家、『新葉和歌集』を編纂した

建武の中興を記念して行進
『写真週報』（S14・10・11）

**＊建武の昔**　建武の中興のこと。後醍醐天皇は、足利尊氏・楠木正成らの支援を得て鎌倉幕府を倒し、天皇親政の復古的政権を樹立した。明治維新から太平洋戦争終了までの皇国史観を支えたのがこの「建武の中興」であ

の御柱　　斎藤邦雄（静岡）

日の本の　国土《くにつち》侵《おか》す　冦《あだ》はみな　叩き叩きて　叩きつぶさん

穴見輝喜（熊本）

草も木も　なびく北風　荒るるとも　永久《とわ》にゆるがぬ　井伊谷の森

大畑一雄（静岡・戦死）

試みに　いざや呼ばなん　神々の　応えだにせば　声は惜しまじ

下平　恒（長野）

＊巣鴨雑詠　山本福一『俣一戦史』

うつせみの　ついの歩みの　下駄の音　乱れもあらず　遠退《とおの》きにけり

木枯らしの　朝をい行けば　護送車に　公孫樹《いちょう》黄葉《もみじ》は　はらら散りくも

限りある　獄舎の文の　百五十字　憩いひととき　話はつき

り、楠木正成は忠臣のカガミ、後醍醐天皇から天下を奪った足利尊氏などは極悪非道の謀叛人とされた

井伊谷宮

ず（通信制限　週一通百五十字以内）

十三号　鉄扉の前を　朝ごとに　掃き清めつつ　天の声聞く

若き故　かなしみもあり　朝顔は　きのうも今日も　伸びゆくものを

***巣鴨**　巣鴨拘置所。通称は「巣鴨プリズン」　現在の東京拘置所の前身にあたる。ＧＨＱによって接収され、極東国際軍事裁判の被告人とされた戦争犯罪人が収容され、同裁判の判決後、東條英機ら七名の戦犯の死刑が執行された。跡地は現在サンシャインシティとなっている

# 十二　ある神官の戦中詠

陸軍の靖国神社参拝　『写真週報』（S19.11.8）

明治以降の日本は、各地に様々あった神社を再編成し、内務省の統制下に国家神道として国教化した。天皇は政治上の主権者、軍事上の統帥権者（最高指揮権者）であるとともに、国家神道の最高祭司をつとめる、神聖にして侵すことの出来ない現人神（あらひとがみ）（人の姿になってこの世にあらわれた神）とされた。

天照大神（あまてらすおおみかみ）を祭神とする伊勢神宮が聖地に、『古事記』『日本書紀』が聖典となり、歴史教科書には記紀神話による神代の物語が加えられた。

この当時の雰囲気は、たとえば玉音放送を予告するラジオのアナウンスによっても推し量ることができる。

**謹んでお伝えいたします。畏《かしこ》き辺《あた》り（当時の言葉で天皇、皇室を指す）におかせられましては、このたび詔書を渙発《かんぱつ》（出すこと）あらせられます。**

**畏《かしこ》くも天皇陛下におかせられましては、本日正午おんみずから御放送あそばされます。まことに畏《おそ》れ多い極みでございます。国民はひとりのこらず謹んで玉音《ぎょくおん》（天皇の声）を拝しますよう。**

**なお昼間送電のない地方にも、正午の放送の時間には、特別に送電いたします。また官公署、事務所、工場、停車場、郵便局などにおきましては、手もちの受信機をできるだけ活用して、国民もれなく厳粛なる態度で、畏《かしこ》きお言葉を拝し得ますようご手配ねがいます。**

**ありがたき放送は正午でございます。**

## 稲垣眞里（吉原）　『聖戦百首』（S18）

### 宣戦大詔　開戦

亜米利加《アメリカ》・英吉利《イギリス》の東の方　亜細亜を侵し掠めんとする意は　早くよりいといと著しかりしを、皇国はいつまでも　平かに和やかに　国の交りを保たんことを欲して、永き年月　耐うまじきに耐え、忍ぶべからざるを忍びつつ、上下まことに　骨身を裂くばかりの思なりき。しかはあれど、かぎりしあれば、今はとて、昭和十六年十二月八日　ついに両国に対いて　戦《いくさ》を宣《の》らしめたまえり

常世《とこ》往《ゆ》く　世を照らさんと　今こそは　岩戸出でませ　天《あま》つ日の影

戦の初め　まづ布哇《ハワイ》の真珠湾を襲う。これより日を逐い　月を逐いて、海陸空の戦　勝つこと頻りに聞ゆ。

わたつみの　真珠《またま》の湾《うら》に　突き入りて　敵《あた》のあらぎも　ひしぎけるはや

神代の昔、*八束水臣角神《やつかみづおみづぬの》（古事記に於いては美豆奴神）　新羅国の国の

京都皇宮清和院の門で奉拝する人々
『画報躍進之日本』（S18.2）

**＊八束水臣津野命**　出雲風土記にある国引き神話。古事記や日本書紀には出てこない。出雲は狭い国なので、他の国の余った土地を引っ張ってきて継ぎ足そうと綱をかけて引き、できた土地が現在の島根半島であるという。

余りに　八十綱《やそづな》打掛けて　出雲に曳き来る由《よし》、出雲風土記に見ゆ。（後略）

おみづぬの　神もちからを　添えまさん　曳けやますらを
その八十綱を

　敵国

山のごと　罪をば高く　積みあげし　あめりかの国　いぎり
すの国

　彼の植民史

敵国《あたくに》の　ふみのかずかず　見れば見れば　読むにえ堪えず
むごき国ぶり
国を奪い　たからを掠め　むさぼりて　飽くことしらぬ　醜《しこ》
の敵《あだ》ども

　皇威《みいつ》

亜細亜の国国の領土の救済・回復・独立　皆これ我が大君の御稜威《みいつ》に依

引いてきた国は、新羅の岬（朝鮮半島の西南）、高志の都々（能登半島の珠洲）北門の国（シベリア沿海州ではないかとも言われる）などで、出雲が環日本海交易文化圏の拠点だったことを示すと考えられている

映画『ハワイ・マレー沖海戦』のスチール写真　『週刊少国民』

**＊緬甸**　当時ビルマはイギリス領だった。太平洋戦争開戦後間も

るものぞ。

ひさかたの　救いの神を　迎えつと　南洋《みなみ》のくにびと　踊りよろこぶ

*緬甸《ビルマ》は米英の桎梏を脱れて　大東亜共栄圏の一国とし　え歓びて皇軍を迎う

その国の　その魂を　とりかえし　緬甸は今し　立ちぞあがれる

皇民

わが父よ　わが夫《せ》よわが子よ　はらからよ　家はほまれの　もののふの家

皇国の兵士は　忠誠の心たぐいなく、個人主義などというものなければ、上官に対しても従順にして　よく命令を遵奉し、戦場にありては、階級の差別なく、渾然一体になりて、陛下の御為に喜びて一命を捧ぐ

その官《つかさ》　階級《しな》をば問わず　兵士《つはもの》の　功勲《いさお》ぞなべて　涙ぐましき

なく、日本軍はビルマ独立義勇軍の協力のもとイギリス軍を急襲し、首都ラングーンを早期に陥落させ、ビルマ全域を制圧した。ビルマ住民の全面的な戦争協力を必要としていた日本政府は、一九四三年『緬甸独立指導要綱』を決定。ビルマは独立を宣言した。独立と同時に「日本ビルマ同盟条約」が締結され、日本は戦争への協力を要求し、ビルマは連合国へ宣戦布告した。

インパール作戦の失敗により日本の敗北が明白な情勢となると、抗日運動の秘密組織「反ファシスト人民自由連盟」（AFPFL）が結成された。ビルマ国民軍は日本軍に対して攻撃を開始。一九四八年、AFPFL総裁を首班として独立を達

雑

あまざかる　南洋《みなみ》の島は　いにしえゆ　宝の島と　人ぞ言うなる

あまの原　星のはやしに　まぎれけり　みそら高行《たかゆ》く　天《あめ》の鳥船

古事記に天ノ鳥船という神の名見ゆ。蓋《けだ》し　快速なる交通機関を統率せる神か

学徒出陣

国のため　皇《きみ》のみためと　うら若き　まなびの徒《とも》も　立ちぞ雄たけぶ

えらばれし　神の御民と　誇らえる　醜《しこ》のしこわざ　かぎり知られず

*猶太人《ユダヤ》どもは　神の選民と自らは誇れど　其の行為はいかに。

人の国　人の宝も　深くふかく　思えば神の　たまものにして

成した

ビルマのパーモ長官来日
『画報躍進之日本』（S18.5）

**＊猶太人**　戦前、ユダヤ陰謀論は反共産主義的思想と結びついて一般に広がっていた。
日本はシベリア出兵時、接触した白軍兵士から「シオン賢者の議定書」を入手、反ユダヤ主義の存在を知る。シベリアから帰った後の大連特務機関長・安

伊太利パドリオ元帥叛盟降伏
およづれの　敵《あた》の狂言《たわごと》　なにしかも　耳かたぶけて　なびき
伏しけん

江仙弘は全文を日本に紹介、陸海軍・外務省と共に「ユダヤの陰謀」の研究が行われたが、具体的成果をあげられなかった。

逆に、ユダヤ人を助けることによってユダヤ資本を導入し、満州国経営の困難さを打開しようという河豚計画もあった。計画は失敗するが、数千人のユダヤ人が命を救われたり、杉原千畝の活躍などの成果も残すこととなった。

作家山中峯太郎が少年向け雑誌少年倶楽部に連載した『大東の鉄人』で、ヒーローが戦う相手は日本滅亡を画策するユダヤ人秘密結社シオン同盟とされた。

また、海野十三や北村小松らもユダヤ人を敵の首領とする子供向け冒険小説を書いている

静岡の戦争・関連年表

| 年　月 | 世界と日本 | 静岡県 |
|---|---|---|
| 1920（大正9） | 国際連盟発足　ナチス綱領発表 | 三島に重砲兵第1旅団編成完了 |
| 1921（大正10） | ワシントン軍縮会議　原敬暗殺 | 浜松連隊、静岡連隊、満州守備に出動 |
| 1931（昭和6） | 5・15事件 | |
| 1932（昭和7） | 満州事変 | |
| 1934（昭和9） | | 静岡歩兵第34連隊、満州守備のため出動 |
| 1935（昭和10） | ドイツ再軍縮宣言 | 静岡清水地方に激震、全壊237戸・死者8人 |
| 1936（昭和11） | 2・26事件　日独防共協定 | 静岡・宝台橋完成 |
| 1937（昭和12） | 中国・北京郊外の盧溝橋で日中両軍衝突、日中戦争始まる | 静岡歩兵第34連隊、中国へ出動　県庁舎（現本館）落成　南京陥落のちょうちん行列 |
| 1938（昭和13） | ミュンヘン会談　国家総動員法 | 遠州灘に陸軍遠江射撃場建設 |
| 1939（昭和14） | 第2次世界大戦起こる　徴用令・物価停止令 | 招魂社が護国神社になる |
| 1940（昭和15） | 独軍パリ入場　日独伊3国同盟　米・砂糖・マッチ配給統制 | 大政翼賛会静岡県支部が発足　静岡大火5000余戸焼失 |
| 1941（昭和16） | 真珠湾奇襲／太平洋戦争始まる　小学校が国民学校に | 新聞統制により県下6新聞を『静岡新聞』1紙に統合 |
| 1942（昭和17） | マニラ占領、シンガポール占領　ミッドウェー海戦　衣料切符制となる／買物行列　神宮外苑で学徒壮行大会 | 牧ノ原海軍大井航空隊基地の設置　富士に少年戦車兵学校開校　静岡高校学徒出陣壮行会　静岡市の軍需工場建設工事現場で登呂遺跡発見 |
| 1943（昭和18） | ガダルカナル撤退　アッツ島玉砕　学徒出陣 | |

| | | |
|---|---|---|
| 1944（昭和19） | サイパン・グアム玉砕　東京初空襲　疎開命令　女子挺身勤労令 | 学童集団疎開受け入れ開始　東南海地震・死者1143人　陸軍中野学校二俣分校が開校 |
| 1945（昭和20）1—8月 | 米英ソがヤルタ会談　ポツダム宣言　ベルリン陥落　広島・長崎原爆投下　8月15日日本降伏 | 6月18日浜松大空襲（死者1700余人）20日静岡大空襲（死者2000余人）　7月7日清水大空襲（死者300余人）　17日沼津大空襲（死者約300人）混乱のため死傷者数は不確定 |
| 1—9月 | ニュルンベルグ裁判　国際連合発足 | 11月米軍、静岡に進駐 |
| 1946（昭和21） | 安保理事会成立　天皇人間宣言　食料緊急措置令 | 占領軍静岡軍政部設置　天皇、県下を視察 |
| 1947（昭和22） | 米ソ対立始まる　新憲法施行　国勢調査実施／静岡県人口235万1630人 | 登呂遺跡発掘 |
| 1948（昭和23） | 世界人権宣言　ベルリン封鎖　ガンディー暗殺　新民法施行　東京裁判　A級戦犯処刑 | |
| 1949（昭和24） | NATO創設　中華人民共和国成立　下山事件　松川事件 | 静岡大学開学 |
| 1950（昭和25） | 朝鮮戦争勃発　レッドパージ　警察予備隊設置 | 国鉄静岡管理局でレッドパージ、16人追放　警察予備隊の募集に不況と失業が反映し応募者多数 |
| 1951（昭和26） | 講和条約・日米安保条約 | 5月1日のメーデーで静岡市では検挙騒ぎ |
| 1952（昭和27） | 朝鮮休戦協定　マッカーシー旋風 | 静岡県議会「遠江試射場設置反対意見書」採択 |
| 1953（昭和28） | ジュネーブ協定　ディエンビエンフー陥落　防衛庁・自衛隊発足 | 保安隊富士学校開校 |
| 1954（昭和29） | | 第五福竜丸ビキニで被爆　自衛隊浜松第1航空団設置　静波基地開設 |

# コラム①

静岡空襲翌日にB29偵察機が撮影した。市街地の66%を焼いたと報告している。白くなっている部分が焼失したところ。中央の方形が駿府城跡
静岡平和資料館をつくる会資料
米国立公文書館蔵　工藤洋三氏提供

## 米軍資料の探索

工藤洋三さん　徳山工業高等専門学校教授

工藤洋三さんは戦後生まれの五十九歳。山口県の周南市にある徳山工業高専の教授だが、二十年以上前から徳山空襲の記録に取り組み、独自な研究とさまざまな活動を続けていらっしゃる。『米軍資料原爆投下報告書・パンプキンと広島・長崎』（共著）など数多くの著作がある。

かつて「徳山の空襲を語り継ぐ会」で記録集を出版することになったとき、多くの空襲体験者による聞き取りが順調に進む一方で、空襲の日時や背景や目的、爆撃の時間や爆弾量などの客観的事実を立証する資料がほとんど得られなかった。焦燥感を募らせた工藤さんは、結局、日本側の資料に頼ることを諦め、空襲をした側である米軍の資料に注目するようになった。やがて国立国会図書館に、米軍による日本全国の市街地空襲に関する「作戦任務報告書」がマイクロフィルムで届いているのを知り、入手。こうして工藤さんと米軍資料とのつき

あいが始まった。

そのような経過ののち、二十四年前、工藤さんが責任者となり、「徳山の空襲を語り継ぐ会」による『街を焼かれて』が出版された。その縁で、今では全国の空襲に関連した研究や市民運動をしている研究者との交流が、広がりを見せ，現在、「空襲・戦災を記録する会」全国連絡会議の事務局長をつとめておられる。

一九九四年以来、毎年のように工藤さんはアラバマ州マクスウェル空軍基地歴史資料室へ、春休みを利用して三月末に渡米，二週間滞在して資料収集というスタイルを維持しながら今も続けている。飛行機を利用して移動、空港からはレンタカーを利用して安いモーテルに宿泊というスタイルもそのままだが、9・11同時多発テロ以降、米軍基地内には入りにくくなったとか。

十四年前、スミソニアン協会の展示をめぐって、アメリカ国内で退役軍人を中心に反対運動が起きたことがあった。その時、広島に原爆を投下した「エノラゲイ」の操縦士・ポール・W・ティベッツが、「スミソニアンの展示はエノラゲイに対する侮辱だ」と発言したという新聞報道に工藤さんはびっくりした。半世紀も前の原爆投下の指揮官が、まだこうした発言ができるほど矍鑠としているのが分かったからである。

早速工藤さんは連絡をとり、アメリカに飛び、マクスウェル空軍基地の歴史資料室でポール・ティベッツに会うことができた。彼は八十歳だった。二時間ほどのインタビューは、ティベッツが、原爆投下を今も肯定的に見ていること、アメリカ社会では戦争を終結させた英雄と信じられていることが確認できたという。

私たちの本に掲載した、戦後静岡の街で、米軍の写真偵察機が撮影した高解像度の写真も、このマクスウェル空軍基地の歴史資料室や米国立公文書館で工藤さんが見つけられたものである。心からお礼を申し上げるとともに、工藤さんが牽引されている空襲関連の研究に、改めて深い敬服の念を覚えている。

筑豊の日本鉱業高松炭坑に徴用された、山梨龍平さんの長男敏夫さん（上段右隅　当時18歳）

コラム②

## 筑豊の秋

山梨敏夫さん　　山梨写真館　静岡市葵区末広町

山梨敏夫さんは大正十五年生まれの八十四歳。父・龍平さんが静岡市末広町で戦前から開いていた写真館で、今も現役で仕事を続けていらっしゃる。

戦争まっただ中の昭和十九年頃、敏夫さんは静岡市南部の太陽アルミで飛行機の部品を作っていた。国家総動員法により国民徴用令が公布され、静岡県下では昭和十四年以降、徴用が増えていた。

「徴用で遠方へ行かされるのが嫌だったから、軍需工場に勤めれば逃れられるかと思って、軍需工場の下請けをしていた太陽アルミに行ってたですよ。だけど、アルミは貴重品だから仕事がないことが多くてね、ついつい休んでしまうことが多かったんですよ。そしたら、国民勤労動員署から徴用令書が来て、欠勤の多いもんが集められて、筑豊へ行くことになっちゃった。ああいうとこは重労働なもんで嫌だなあと言ったけど、しょんない、行く事になっちゃった」

敏夫さんは六人兄妹のご長男。父の龍平さんは、あちこちで出征兵士の見送りを撮影するために出張が多かった。本当は写真館の仕事を手伝いたかったが仕方がなかった。九州の筑豊にある日鉱高松炭鉱へ、写真に写る十八人とともに向かった。一緒に行ったのは職人が多かった。

「鈍行で二日位かかったと思いますねえ。全国で空襲が始まった頃で、まだ汽車もちゃんと動いていた。日鉱高松炭鉱の事務所に着いたら、鉱夫が出迎えてくれただが、顔は真っ黒。唇だけ赤く光ってた。俺らもあんな風になるかとびっくりした。すぐになっちまったがね。

親和寮というところに住んだが、各地から来ていて、天理教の人たちも多かった。寮で毎晩救けたまえと唱えていたよ。それから不良のような衆が元締めみたいな人に連れられて来ていたねえ。九州だから朝鮮の人がけっこう居て、その人たちは家族持ちで、親方というか、みんなを纏めていた。その人たちは寮じゃなくて、社宅に住んでいて、私はどういうわけか可愛がってもらい、牛肉を食べさせてもらったりした。いい人たちだったなあ」

「食事がひどくてね。飯は小さい丼一杯だけ。しかも大豆を搾ったカスが混ぜてある。それに小さな沢庵が三切れ。あとは中身もろくに入っていないおつけ。そんなものしか食べないから、ずっとお腹を壊していた。みんな、お腹を壊していてちっとも治らないから、便所が汚れてしょうがなかった。その鉱山には専用の病院があったが、医者がくれる薬を飲んでも効かなかったねえ。それに作業を休む指示を出してくれと頼んでも、出してくれなかった」

「仕事は三交代でずっと休みなし。一番きついのは掘進。掘り進んで新しい鉱脈を見つける仕事。仕繰というのは掘ったあと、落盤を防ぐために鳥居のようなものを立てる仕事。石炭を上に上げ、トロッコで選炭場に運ぶと女衆が選りわける。炭鉱の中の仕事がつくづく嫌くなって、外で選炭場の仕事がやれるように変えてもらったりした。あそこに居たのは五ケ月間だけど、随分長く感じたですね」

筑豊から帰還した敏夫さんはまた太陽アルミに復職し、昭和二十年六月十九日の静岡空襲、続いて敗戦を迎えることになった。

ところで敏夫さんの父上、龍平さんは戦後どこに出かけるにもカメラを持って出歩いていた。フィルムや現像液は配給があり、あとは闇で手に入れたらしい。ある日、浅間神社で撮影をしていたら、進駐軍の米兵が近づいてきて、自分たちを撮ってほしいと頼まれた。彼らは静岡市の海岸にあるマッケンジー邸を接収して起居していたという。その時、神社の前で撮ってあげた写真が、「六・空襲・敗戦・引き揚げ・占領」89頁のヴァンデル氏と通訳の日系二世らの三人。あとで通訳氏が山梨写真館までプリントが出来た写真を受け取りに来たという。

また、「四・戦場の父・夫・友を想う」51頁の山梨龍平さん撮影の写真を、膨大な米軍の資料から発見したのは、工藤洋三さん。人と人とをつなぐ歴史の不思議を感じさせるひとこまだ。

# あとがき

「はじめに」では短歌を写真と類比させましたが、作品としての価値とは別に記録としての価値が大変高くなる場合がある、ということ以外にも、この二つは、似ていると思われる点がいくつかあります。たとえば、複雑な状況を分析することはできないかわりに、一瞬の情景をあざやかに写し取れる、という点で。そして、見方・読み方の文脈によって意味が変化してしまう場合がある、という点で。

第一の点に関しては、特に戦前・戦中作品を読み解く時の困難となって現れました。一首の表現している情景はくっきりしているのに、さて、それがどんな状況のどこからの視点なのかよくわからない、という作品が幾つもあったのです。

しかし、だんだん、そういう点もまた、ある種リアルな事実だったのだと思われてきました。すでに「アジア・太平洋戦争」とか「ミッドウェー海戦」という全体像の情報を手にしている私たちと違って、当時たいていの人びとは、一体自分たちがどんなことに巻き込まれているのか、自分たちの立ち位置がどの辺なのか、本当のところはさっぱり解っていなかったのです。ちょうど私たちが今、世界史の中のどんな状況にいるのか、日本が本当はどうなっているのか、どこへ行こうとしているのか、ちっとも解らないように。しかし、それでも人は生きてゆくのですし、そうした人生の時々の情景や心情ならば、短歌は生き生きと捉えることができたのです。

もうひとつの、文脈依存度が高いという点は、さらに注意が必要です。ある言葉、ある行為が、その時代にどのような意味を持っていたかによって、作品を読みとるニュアンスがずいぶん変わってしまうからです。一首を額面どおりに読んでいいのか、反語的なのか。納得しているのか批判しているのか。さらには、当時としては真剣な詠みぶりが、現代の私たちの常識を前提にして読むと、全くの冗談としか思われない場合さえもあります。

そうした読み方の手掛かりは、作品中にはないこともあります。またアンソロジーになって、同時代という文脈からも、歌集とか短歌雑誌とかいう文脈からも切り離されると、ますますわかりにくくなるでしょう。実は戦時下の短歌雑誌を読んでみると、戦争をテーマにした作品は私たちが予想したよりずっと少ないものでした。そうした誌面で読むのと、このようなテーマアンソロジーで読むのとでは、受け取り方も違ってしまうかもしれません。つまり短歌アンソロジーは、他のジャンルのものより編集の役割がずっと大きいと言えるのです。

であるならばもっと積極的に編集しようと、章立てをし、解説をつけ、写真もいれて、文脈読解のヒントになるようにしました。また二〇〇四年に出版した『短歌で読む静岡の戦争』

（静岡平和資料館をつくる会）では、表記その他できる限り初出に忠実に採録しましたが、今回新書版として編纂し直すにあたっては、方針を改めて漢字も仮名遣いも現代風に直し、読みやすいように区切りも入れました。より多くの人たちに手にとってもらうことを優先したのですが、こうした変更も含め、加工作業が作品に与えた影響は、すべて編者の責任です。（旧漢字・旧仮名の初出のままでお読みになりたい方は、「平和資料館をつくる会」版をご覧下さい）

私たちのこのような編集方針が、少しでも収録作品を現代に生かすことに役立っていれば、と願っています。

# 謝辞

この本を編むにあたって、本当に多くの方のご好意をいただきました。まず何よりも静岡・平和資料館をつくる会と、会員の方たちにお世話になりました。そもそも、このアンソロジーをつくることになった発端は、二〇〇四年に静岡平和資料センターの企画展示「戦争と静岡の歌人たち　長倉智恵雄さんの人生とともに」のために、静岡県下の戦争中の短歌をあつめたことにあります。その時、展示を見に来て下さった方たちに差し上げようと、小さな詩華集をつくりました。それがとても評判がよく、すぐに無くなってしまったのです。そこで、今度はもっと本格的なアンソロジーをつくろうと思いたちました。それが二〇〇五年発行の『短歌で読む静岡の戦争』です。

その後、『菩提樹』の復刻版があることを、友人の梛沢丈二さんに教えていただき、少ない残部の中から三島印刷さんから寄贈を受けることができました。『菩提樹』は評論家・大岡信氏のお父さま、大岡博氏主宰の、静岡県下では数少ない戦前からの短歌結社誌です。しかも静岡県歌人協会長の関口昌男さんには、古書店で見つけたという昭和二十一年の『菩提樹』を貸していただけました。復刻版とは違う、なまの『菩提樹』に感激し、戦中・戦後の静岡県内の新たな短歌群の発掘に大いに弾みがつきました。

九章の高橋彌三郎さんは栩沢さんにとって岳父にあたられる方です。同じく九章でご紹介するのは、元静岡県歌人協会長で、『翔る』の主宰、山田震太郎さんです。

今回もまた静岡県立中央図書館に通い、戦前・戦中・戦後の『アララギ』『不二』、寄贈されていた多くの歌集を片っぱしから閲覧しました。静岡歌人協会の皆さまに教えていただいたり、貸していただいた歌集がとても役に立ちました。静岡県立図書館、静岡市立図書館、静岡大学付属図書館の、マイクロソフト化された静岡新聞に掲載されていた短歌の中から戦争の短歌を抽出しました。

「静岡県近代史研究会会員」の村瀬隆彦さんには、本文中の注について、多くのご教示をいただきました。

なお、静岡平和資料館に寄贈された写真や資料をたくさん使わせていただきました。中でも貴重な写真を快く無償で使わせて下さいました、徳山工業高等専門学校教授の工藤洋三さんと山梨写真館の山梨敏夫さん、本当にありがとうございました。

また、静岡大学名誉教授で、平和資料館をつくる会の会員でもある小和田哲男先生のお父さま、小和田光さんの味わい深いシベリア抑留体験画をたくさん掲載させていただき、短歌のリアリティを増すことができました。

そして、最初から最後まで、この『短歌と写真で読む静岡の戦争』の出版を力強く励まし、応援してくださった静岡・平和資料館をつくる会の故・櫻井知佐子さんと新妻博子さんに深い感謝を捧げます。櫻井さんは闘病中も私たちのこの仕事を気にかけ、完成を心待ちにしてくださっていました。一冊にまとまったこの本を彼女に見てもらえなかったことだけが、返す返すも残念です。

また静岡・平和資料館をつくる会の皆さま、本当にありがとうございました。静岡・平和資料館をつくる会の地域に根ざした長年の活動なくしては、この本は出来ませんでした。心からお礼申し上げます。

なお、本来でしたら、短歌作者の皆さま方お一人おひとりに掲載のお願いをすべきところですが、この本の歴史を学び、平和を希求する想いに免じて、どうぞお許しください。

佐久間美紀子
美濃和哥

二〇一〇年四月

# 出典一覧

| | タイトル | 出版社 | 所蔵 |
|---|---|---|---|
| 雑誌 | アララギ（復刻版） | 教育資料センター | 静岡県立中央図書館 |
| 雑誌 | 画報躍進之日本 | 東洋文化協会 | 静岡平和資料センター |
| 雑誌 | 清見潟 | 清水郷土史研究会 | 静岡県立中央図書館 |
| 雑誌 | 静岡県アララギ月刊 | 静岡県アララギ会 | 静岡県立中央図書館 |
| 雑誌 | 静岡平和詩集 | | 静岡平和資料センター |
| 雑誌 | 写真週報 | 内閣情報局編輯 | 静岡平和資料センター |
| 雑誌 | 週刊少国民 | 朝日新聞社 | 静岡平和資料センター |
| 雑誌 | 天龍短歌＊ | 国立療養所天龍荘龍和会文化部 天龍短歌会　出版 | 静岡県立中央図書館 |
| 雑誌 | 同盟グラフ | 同盟通信社 | 静岡平和資料センター |
| 雑誌 | 不二 | 不二社 | 静岡県立中央図書館 |
| 雑誌 | 文庫きくがわ | 菊川町立図書館菊川文庫 | 静岡県立中央図書館 |
| 雑誌 | 菩提樹 | 菩提樹社 | 静岡県立中央図書館 |
| 雑誌 | 菩提樹（復刻版） | 三島印刷 | 静岡平和資料センター |
| 雑誌 | みつかめ静岡 | 水甕静岡支社 | 静岡県立中央図書館 |
| 雑誌 | 萌黄＊ | 国立療養所天龍荘龍和会文化部 天龍短歌会　出版 | 静岡県立中央図書館 |

| | | | |
|---|---|---|---|
| 図書 | 雨燕　歌集 | 斎田玉葉 | 静岡県立中央図書館 |
| 図書 | 英霊とともに生きて | 静岡県遺族会 | 掛川市立図書館 |
| 図書 | 静岡連隊（歩兵第２３０連隊）のガ島戦 | 〝ラバウルの戦友〟の会 | 静岡県立中央図書館 |
| 図書 | 戦痕消えず　歌集 | 短歌新聞社 | 静岡県立中央図書館 |
| 図書 | 昭和の記録・歌集八月十五日（短歌現代八月号別冊） | 短歌新聞社 | 静岡平和資料センター<br>三島市立図書館 |
| 図書 | 新雪　歌集 | | |
| 図書 | 鈴の音　歌集 | 福地久子 | 静岡県立中央図書館 |
| 図書 | 青嶺　歌集 | 人文書院 | 静岡県立中央図書館 |
| 図書 | 聖戦百首 | 稲垣眞里 | 静岡県立中央図書館 |
| 図書 | 染浄　歌集 | 短歌新聞社 | 静岡県立中央図書館 |
| 図書 | 川流集　歌集 | 樹海社 | 富士市立図書館 |
| 図書 | 大アンデスと霊峰富士 | 朝日新聞出版サービス | 静岡平和資料センター |
| 図書 | 大連舊影 | 北京　人民美術出版社 | 静岡平和資料センター |
| 図書 | 多聞　歌集 | 短歌新聞社 | 静岡市立中央図書館 |
| 図書 | つはもの　遺歌集 | 佐野孝敏 | 平和資料センター |
| 図書 | 低唱　遺歌集 | 短歌新聞社 | 静岡県立中央図書館 |
| 図書 | 東海万葉集 | 六法出版社 | 掛川市立図書館 |
| 図書 | 独立歩兵第十三連隊誌 | 独立歩兵第十三連隊誌刊行会 | 静岡県立中央図書館 |
| 図書 | なでしこ　歌集 | なでしこ短歌会 | 静岡県立中央図書館 |

出典一覧

| | | | |
|---|---|---|---|
| 図書 | 日華事変従軍実記　一枚の召集令状（あかがみ） | 三枝理作 | 静岡県立中央図書館 |
| 図書 | 年刊歌集 | 静岡県歌人協会 | 静岡県立中央図書館 |
| 図書 | 白描（明石海人全集） | 改造社 | 静岡県立中央図書館 |
| 図書 | 柞の森　歌集 | 白玉書房 | 静岡市立中央図書館 |
| 図書 | 非言非黙　壱　歌集 | 不識書院 | 静岡県立中央図書館 |
| 図書 | 不二年刊歌集 | 不二社 | 静岡県立中央図書館 |
| 図書 | 冬の星座　歌集 | 短歌研究社 | 静岡県立中央図書館 |
| 図書 | 篠懸　遺稿集 | 大野英二 | 静岡県立中央図書館 |
| 図書 | 振り返るなよ　歌集 | 短歌研究社 | 静岡県立中央図書館 |
| 図書 | 噴湮 | | |
| 図書 | 俣一戦史 | 俣一会 | 静岡県立中央図書館 |
| 図書 | 水の精　歌集 | 近代文芸社 | 平和資料センター |
| 図書 | 水の記憶　歌集 | 季書房 | 沼津市立図書館 |
| 図書 | 三井雄策歌集 | 三井きみ子 | 静岡県立中央図書館 |
| 図書 | 迎火　歌集 | 不二社 | 静岡県立中央図書館 |
| 図書 | 病み臥せど　歌集 | | |
| 図書 | 征きて還りし兵の記憶 | 岩波書店 | 静岡県立中央図書館 |
| 図書 | 我が第一大隊砲小隊記 | 元静岡第34聯隊第1歩兵砲小隊 | 静岡県立中央図書館 |
| 図書 | 勿忘九・一八 | 吉林省　吉林美術出版社 | 静岡平和資料センター |
| 図書 | わたしたちの街にも戦争があった | 志太榛原の戦争を記録する会 | 静岡県立中央図書館 |

＊印　メリーランド大学カレッジパーク校図書館　ゴードン・W・プランゲ・コレクション（国立国会図書館　マイクロフィッシュ資料　プランゲ文庫雑誌コレクション）より

**Prange Collection**

占領下の日本では、GHQの民間検閲支隊によって検閲が行われた。占領軍の検閲が終了した時点で、これら新聞・雑誌は不用となったが、資料的価値を認めたプランゲ博士によって、メリーランド大学に移送され、保存されてきた。その資料群は雑誌約1万3000種、新聞紙1万6500種に達し、名もない新聞社・雑誌社、村の青年会、住民団体、労働組合などの、新聞・雑誌・パンフレット等、日本でも見ることのできないものが数多くある。

**『菩提樹』**

静岡市に生まれ長く三島市に住んだ大岡博が主宰した短歌結社誌。ちなみに大岡博は詩人にして評論家の大岡信の父。静岡県下で戦前からあった短歌結社誌はこの『菩提樹』と『不二』『アララギ』の三誌だけのようである。『菩提樹』の創刊は一九三四（昭和九）年。はじめは『ふじばら』といい、一九三九（昭和十一）年から『菩提樹』と称する。窪田空穂を師と仰ぐ結社。戦前から毎月結社誌を発行するなど、盛んな活動を続け、昭和十二年の一月号に既に島田・東京・三島・沼津・横浜・市川・下田・小川・新潟支社の代表者の名前があり、三人の女性の名もみえる。主宰・大岡博を中心に会員の結束は固く、よく歌会を開き、また短歌だけではない交流が頻繁に行われていたことが復刻版から読み取れる。

**『アララギ』『静岡県アララギ月刊』**

『アララギ』は短歌結社であり、またその機関紙名でもある。明治四十一年、伊藤左千夫によって創刊され、九十年間に渡って歌壇のもっとも大きな勢力として、近代短歌に大きな足跡を残すとともに、近代から現代への架橋という役割を担った。伊藤左千夫の死後、短歌誌『アララギ』の編集は古泉千樫、斉藤茂吉を経て、島木赤彦に移り、昭和初期より土屋文明が受け継ぐ。やがて、太平洋戦争、そして敗戦となる。平成九年に廃刊。

戦後しばらくは用紙事情もあり、府県単位に地方の『アララギ』が誕生。会員を分散していち早く雑誌を発行した。『静岡県アララギ月刊』もそういう経緯から生まれたが、「生活即短歌」を指導理念とする土屋文明の選歌欄により、中央と地方の連携のよすがとなった。

**『不二』**

静岡市相生町に本部のあった短歌同人誌。会員数は不明だが、誌面を見ると、同人・準同人含めて七十人前後の名簿が載っている。そのほかのことは分からなかった。静岡県立中央図書館が昭和十年から二十九年までのバックナンバーを所蔵している。

山梨朝江　興津　41.58.131
山本静枝　30
山本福一　陸軍中野学校二俣分校　229
山本眞壽美　沼津　31.42

ゆ
由井美子　蒲原　122

よ
横山壽夫　静岡　15.54
吉岡三郎　117
吉田一成　天龍荘　215
吉田一男　掛川　87

わ
若林はま　清水　119
若林はる　掛川　60
和久田興作　浜名　109
渡邊和子　三島　91.92.110
渡邉多恵　吉原　96
渡邊久子　富士　19
渡邉秀雄　陸軍中野学校二俣分校　228
渡邉良平　三島　68.135
和爾美芳　羅南　37

花井千穂　三島　100
花森とし恵　静岡　16
原久吉　123
原口路彦　榛原　36
原田宣章　陸軍中野学校二俣分校　226
張間禧一　静岡　45.88.91
榛名貢　湖西　78.83

ひ
日比通夫　陸軍中野学校二俣分校　226
平井要　三島陸軍病院　207
平松東城　浜松　38
平山正男　浜北　82
平山美津夫　浜名　19
廣瀬房子　三島　111

ふ
深澤福二　清水　56.101
福地久子　静岡　126
藤岡武雄　沼津　100
藤田三郎　清水　77.80.124.132
藤間嘉代子　熱海　42.131
藤原たゞゑ　静岡　130
双葉かほる　静岡　55
古橋信一　吉原　133
古橋裕一　吉原　88

へ
別所和子　98

ほ
星谷涉　駿東　67.113.117
細川昌史　陸軍中野学校二俣分校　227
細田西郊　二俣　59.60.95
掘畑貴繪　掛川　112

ま
前山周信　静岡　94
増田光夫　榛原　112
松井正一　三島　89.97
松下可壽恵　榛原　94
松島綾子　掛塚　39.95
松原平作　沼津　16
松山文子　岩松　92
眞野喜美子　富士宮　130
丸山保依　天龍荘　215
丸山義雄　陸軍中野学校二俣分校　227

み
三木孝　静岡　53
水城孝　富士　49.67
水口正志　三島　17.64
道下芳乃里　菊川　81
三井雄策　静岡　36
三宅つなゑ　浜北　48
宮脇日露　15

む
村越謙三　陸軍中野学校二俣分校　227
村田文一　97

も
望月久代　静岡　28.44
望月房子　静岡　112
森一雄　天龍荘　207.208.210.211.212
森井重次　陸軍中野学校二俣分校　226
森口繁　陸軍中野学校二俣分校　228
守谷慎男　天龍荘　220
森山岑　三島　110

や
八木松二　志太　120
安池敏郎　静岡　75.82
安原章治　陸軍中野学校二俣分校　226
矢田部穂柄　沼津　16.25.53
谷内田勝衛　陸軍中野学校二俣分校　228
谷野しづ　天龍荘　218
山口泉　浜松　71
山口豊光　静岡　36.63
山口幸緒　静岡　64
山崎滿子　浜名　98
山下朝夫　小笠　53.55
山下甲三郎　三島陸軍病院　206.207
山下静子　静岡　50
山下裕基　田方　120
山田執持　三島　88
山田震太郎　浜松　197
山名恵子　浜名　120
山名英郎　静岡　59.67

す
菅沼藻風　静岡　44
杉山市太郎　磐田　115
杉山孝子　静岡　119
杉山正雄　土狩（三島）　27.129
鈴木ぎん　静岡　89
鈴木桂子　99
鈴木さえ子　榛原　105
鈴木十三郎　浜名　75
鈴木誠一　97
鈴木洲江　38
鈴木芳一　天龍荘　216
鈴木蘭華　遠江　17
駿河富士夫　静岡　46

せ
芹沢初子　122

そ
曾根さと　志太　39

た
大監澄男　静岡　95
高野一哉　蒲原　122
高橋桃代　三島　107.134
高橋彌三郎　下田　191
高原博　静岡　77
瀧戸譲治　陸軍中野学校二俣分校　227
竹下妙峰　浜松　35
竹山良平　天龍荘　220.221
多治見弘司　天龍荘　213.214.215.216
田中郁郎　網代　108
田中初枝　小笠　49
田中正俊　熱海　88.108
田中光造　65
田中義之　陸軍中野学校二俣分校　228
谷新吉　賀茂　112
谷ゆき子　静岡　100

ち
知久安次　榛原　50.83
千葉清作　清水　92.109

つ
佃伊豆夫　宇佐美　87
土屋葉嵐　26
土橋松代　135
露木和子　沼津　28

て
出口享一　北支○○病院　206

と
峠　二三夫　富士製紙　121
戸塚進市　天龍荘　219
富田英雄　浜松　96
伴野二巳子　清水　135

な
中川力　三島　56.129
中川光恵　三島　107
長倉智恵雄　静岡　155
長島行雲　賀茂　76
中島重介　磐田　115
中島信洋　静岡　162
中嶋秀次　71
中塚莞二　静岡　17.128
中根直　天龍荘　212
中野貢太郎　田方　83.125
中村武　81.125
中村彌生　沼津　106
中山彌生　沼津　41
夏目きみ子　島田　124

に
西島和子　三島　87
西島ます江　熱海　105.133

ぬ
温井松代　伊豆長岡　46.126

の
野々垣黙成　静岡　45
野村重治　天龍荘　219

は
萩野雅子　三島　92
萩原省吾　熱海　39

小田武雄　68
於野泉　静岡　130.132
小野徳司　117
小野芳夢　浜松　55
小野力藏　焼津　39.40.42.43.44.111.113
小野田寛郎　陸軍中野学校二俣分校　227
小野田依子　静岡　177

か
影山義男　静岡　36
勝田健二　賀茂　96.114
加藤恵都子　15.52
加藤勝三　三島　25.65.66.68.69.109.133
加藤信　陸軍中野学校二俣分校　227
金井茂美　陸軍中野学校二俣分校　227
金子三郎　浜名　134
加畑孝太郎　天龍荘　214.216
紙谷庭太郎　浜松　45.131
鴨川光毅　天龍荘　208.209.210.211.213
加山俊　浜松　96.119
加山節郎　静岡　90
川上空重　天龍荘　219
川口末二　駿東　15
河部学　静岡　132
河村暁星　周智　111
川村俊雄　静岡　45.70

き
菊地三朗　天龍荘　212
岸本啓治　陸軍中野学校二俣分校　226
北川瀞　志太　37
北川傳　金谷　105
北川稔朗　志太　38
北澤櫟子　熱海　91
木村幸一郎　陸軍中野学校二俣分校　228
木村妙子　清水　108
金原龍泉　天龍荘　215

く
栩木淑子　126
栗田ふくよ　島田　124

こ
小池登美雄　沼津　118
小出いち　磐田　98
甲賀清子　静岡　93
小島清子　金谷　89
小島國夫　三島　43.44.107.116
小島保一　陸軍中野学校二俣分校　228
後藤千代子　富士宮　106
小林のぶゑ　賀茂　75
惟村敏晴　下田　18.37
近藤千鶴子　周智　57

さ
三枝理作　静岡　63
斎田玉葉　浜松　59
斎藤功　天龍荘　220
斎藤邦雄　陸軍中野学校二俣分校　229
斎藤甲司　天龍荘　221
斎藤路郎　47
斎藤彌三郎　清水　45
斎藤義男　陸軍中野学校二俣分校　228
酒井滋　静岡　19
櫻井三郎　静岡　70
提坂道彦　島田　41.57
佐藤惠子　吉原　58.59
佐藤美智子　磐田　115.118
佐藤基　松崎　74.99.118
佐藤元芳　沼津　20
佐藤す江子　浜名　91
佐野博　磐田　79
佐野むつ子　富士根　130
寒川治　静岡　169

し
鹽川泰子　富士宮　40.131
四條正　20.26
品田聖平　富士　35
篠原廣吉　天龍荘　211
柴田静子　114
柴原敏雄　三島　56
島野晋一　浜松　35.55
島村直樹　志太　110
下平恒　陸軍中野学校二俣分校　229

## 作者名索引

地域名は、雑誌の表記・作者紹介記事などからとりました。
あくまでも当時の在住地で、必ずしも本籍ではありません。


あ
相川彦三郎　静岡　65
青木寅松　114
青島滋　40
青山於菟　静岡　90.94
明石海人　浜松　217.218
赤堀猪吉　小笠　98
秋野朝司　相良　14.35
足立可生　15.62
渥美孝　天龍荘　220
渥美昌芳　天龍荘　221
穴見輝喜　陸軍中野学校二俣分校　229
穴山雅雄　中川（引佐）　129
阿部忠秋　陸軍中野学校二俣分校　226
天野寛　富士　148
安藤弥　陸軍中野学校二俣分校　228

い
飯田武　天龍荘　214
飯塚徹三　志太　95
飯塚傳太郎　静岡　20
飯塚正巳　125
飯村太郎　三島　66
池田勇　志太　37
池田武夫　榛原　75
池谷銀月　沼津　93
石井房男　大仁　28
市川潔　93.117
石川信　浜松　70.114.118
石川文之　静岡　90
石川聖代　26
石田豊次　沼津　121
伊豆春夫　宇佐美　41
泉義徳　田方　119
市川潔　三島　107
一ノ瀬生　静岡　133
井出直人　静岡　32
伊東玉江　富士岡　110
伊藤道子　周智　16
稲垣眞里　吉原　232
稲葉トミ　浜名　47
猪原みつ　清水　115
猪原雄二　森　46.99
今林康夫　蒲原　120
今村源司　陸軍中野学校二俣分校　227
伊和井幸二　浜松　121
岩崎正治　116

う
上杉有　82
上田治史　駿東　76.99
植松喬　吉原　27.29.31.54.68.69
105.106.109.113.116.134
植松伝作　沼津　77
内田仁　蒲原　40
海野薫波　浜松　25

お
大石福平　金谷　94
大石益春　富士宮　29
大岡正　三島　66
大岡博　三島　19.20.25.27.29.30
40.56.64.67.128.129
大澤ユリ子　沼津　30.58
太田利一　相良　18
大野英二　浜松　81
大庭幹夫　小笠　32
大橋天龍　26
大畑一雄　陸軍中野学校二俣分校　229
岡和一　掛川　28.30
岡本幸太郎　浜松　32
小川恭寛　静岡　55
小川健二　庵原　118
小川奈雅夫　富士　138
荻田志ま　裾野　123
沖本敬子　静岡　93
長田をりえ　御殿場　123
長田茂雄　焼津　38

**美濃和哥**（みの・わか）
京都女子大短期大学部国文科卒業。歌人。短歌結社『未来』編集委員、静岡県歌人協会常任委員、『文芸静岡』編集委員、『燔』同人。歌集『哭く耳』（本阿弥書店）、歌集『渦めき』（本阿弥書店）、歌集『水は天からもらい水』（ながらみ書房）

**佐久間美紀子**（さくま・みきこ）
静岡県立女子短期大学国文科卒業。1991年まで静岡市立図書館に司書として20年勤務。清水文学会・図書館問題研究会・静岡図書館友の会などに所属

アンソロジー
短歌と写真で読む静岡の戦争

静新新書　035

2010年6月8日初版発行

著　者／美濃和哥　佐久間美紀子
発行者／松井　純
発行所／静岡新聞社
〒422-8033　静岡市駿河区登呂3-1-1
電話　054-284-1666

印刷・製本　三島印刷所
・定価はカバーに表示してあります
・落丁本、乱丁本はお取替えいたします

ISBN978-4-7838-0358-4　C1221